顔の見えない僕と嘘つきな君の恋

望月拓海

講談社
タイガ

写　真――Dragon Images / Shutterstock.com
デザイン――篠原香織（ビーワークス）

目次

顔の見えない僕と嘘つきな君の恋

プロローグ

はじまりは、今から十三年前の寒い冬の日だった——。

浜松駅《はままつ》に向かって歩いていた僕は、声をかけられた。

「ねえ！」

振り返ると、路上で椅子《いす》に座っている男がいた。

本当に男かはわからない。

服装や声や体格、雰囲気から男だと推測した。

風貌《ふうぼう》は、シルクハットに丸メガネ、ロングコート。そのぜんぶが黒かった。

机には「占い一回千円」と書かれた紙が吊《つ》るされている。

——占い師。

これから彼に言われることは、だいたい予想できた。

——君は運気が低迷している。

——君は運気が上昇している。

——君には転換期が来ている。

このうちのどれか。

そしてきっと、僕は占い師の巧《たく》みな話術に巻き込まれて占いをしてもらうことになり、最終的には千円を巻き上げられてしまうのだ。

……またか。

昔から道を歩いているだけでアンケート協力を頼まれた。宗教の勧誘もしょっちゅうだ。占い師に声をかけられたことも、これがはじめてじゃなかった。

普段の僕は、よほど覇気のない顔をしているのだろう。

面倒に巻き込まれたくなかったので、再び前を向いて歩きはじめる。

しかし——。

「ねえって！　ほら、リュックを背負った、髪が肩まである中学生くらいの君だよ！　ちょっとこっち来て！」

大きな声で呼ばれる。ため息をつき、観念した。

占い師のもとまで行くと、

「君、よく見るとやたらと顔が整ってるね」

驚かれた。

「……ど、どうも」

おどついて目を伏せる。知らない人と会話すると、こうしてよくどもってしまう。

そんな僕を見ながら占い師は言った。

「でも雰囲気が野暮ったいなあ。声は小さいし表情も暗いし背筋も曲がってる。不思議とイケメンに見えないや！」

大口を開けて豪快に笑われた。

これが普段の僕だ。ほっといてほしい。

「あ、あの……」

遠慮気味に言うと、

「あっ、いきなりごめんね。君の人相《にんそう》が、あまりにもめずらしかったから」

――やっぱりだ。こんな僕に、また人相の話。嫌味か。

断りにくい。

けれど、これから人と会う約束をしていたから、勇気を振り絞って言った。

「すいませんけど、そういうのは間に合って――」

「君は、運命の女性と出会う」

その言葉に、僕は声を失った。

このまま僕を占いに巻き込みたければ、もっと違うことを言うべきだ。

こんなことは恋愛に興味のある女性に言うべきで、中三の少年に言うことじゃない。

なんで彼は、こんなことを言うのだろう――。

「けど、おかしいな……」

占い師は眉《まゆ》を寄せ、僕の顔をじっくり見ながら続ける。

「一回じゃなくて……四回だ。君はそのうちの一人と結ばれる。君は彼女に救われ、彼女も君に救われる」

真剣な顔つきで言ってくる。

運命の女性？

しかも、一回じゃなくて四回？

あまりに現実離れしていて、僕は少し笑ってしまった。

僕は占いを信じない。愛なんてそれ以上に信じていない。

ただ、今までに体験したことのない変わったアプローチだったから、この先が少し気になった。

「運命の出会いって……普通は一回ですよね？」

訊《き》くと、占い師は本当に不思議そうに、

「そこが変なんだよ。こんなことはじめてで……」

と腕を組んで考え込む。

「しかも、その運命を添い遂げるのは簡単じゃない」

僕は顔をしかめる。

「『隠された真実』に気づかないと、結ばれない」

「……どういうことですか？」

「僕にもわからない。ただ、チャンスは四回もある。運命を切り開けるかどうかは、君次第だよ」

……あっ、まずい。

はっとした僕は、急いで財布から千円を取り出し、占い師に渡す。

「もっと聞きたいんですけど、これから用があるので……」

このままペースに巻き込まれたら、待ち合わせ時刻に間に合わない。

「……そう？　悪いね、ちょっとしか占ってないのに」

占い師は残念そうに言って、お金を受け取った。

「い、いえ、ありがとうございました」

僕は会釈《えしゃく》し、急ぎ足で浜松駅へと向かった――。

このときの僕は、占い師の言葉を信じられなかった。

占いを信じていなかったこともあるけど、僕には他人と違う点が二つあったからだ。

一つ目は、僕の「体質」。

僕は、人の顔が見えない。

正確に言うと、見えるけど正しく認識できないのだ。

自分の顔も他人の顔も、すべての顔がまったく同じに見えてしまう。

十二歳のときにジャングルジムから落ち、頭を打ってからこうなった。

医者によると、この事故で脳神経に機能障害が起きてしまったという。僕と同じ症状を抱《かか》えている人はほかにもいるそうだ。その発症率は、人口のおよそ二パーセント。

原因は脳の損傷や疾患《しっかん》。先天的にこの体質の人もいる。治療法はない。

たとえば、「カブトムシ」を想像してほしい。

同じくらいの大きさのカブトムシが五匹いるとする。外見に細かい特徴はあるだろうけど、虫に詳しくない人には同じカブトムシに見える。

または、「へのへのもへじ」を想像してほしい。

五人の書いた「へのへのもへじ」があるとする。

それぞれの顔に細かい特徴はあっても、やはり見分けにくい。

そんな感覚と似ていると言ったら、わかりやすいかもしれない。

顔のパーツなら認識できたり、家族や恋人、長年一緒にいる友人などなら区別できるという軽度の人もいるそうだが、僕は残念ながら重度の症状を抱えた。

不思議とすべて同じ「目」や「鼻」や「口」に見えてしまうから、パーツを覚えて区別することも難しい。

表情は認識できる。視線もわかる。顔についている、ほくろや傷などもわかる。けど、どんなに長く一緒に時間を過ごした人でも、同じ顔に見えてしまうのだ。

だから、顔だけだと他人の年齢や性別もまったくわからない。

医者からは「ここまで認識できない人はめずらしい」と言われた。

はじめは、この体質のせいでかなり苦労した。

学校では同級生の顔を覚えられないので自分から話しかけられないし、向こうから話しかけられても「誰？」状態だから変なやつに思われたし、友達同士の「あのアイドルグループで誰がいちばん好き？」みたいな会話にも入れなかった。

さらには、あまりに人を間違えるために、この体質のことが学校でばれてしまった。

みんなめずらしがって僕を教室まで見にくることになり、いじめられた。

もともと自分に自信がなく社交的じゃなかったから、そのことがきっかけで学校に行かなくなった。

二つ目は、「家族」。

父とは幼《おさな》い頃に死別した。

顔がわからない体質になったあと、僕はその苦しみをなんども母に伝えようとした。

でも、そのたびに「たいしたことない」「神経質だ」「気にしなければいい」と言われ、まともに話を聞いてもらえなかった。スナックで働いていた母は、「わたしだってお客さんの顔が覚えられないことがある」と言った。

わかってほしかったけど、わかってもらえなかった。

母は、僕の悩みが煩《わずら》わしそうだった。この話を出すことは、母にとって迷惑なことなんだと思った。そのうち、誰かにこの体質の苦しみを理解してもらうことを諦《あきら》めた。

僕が十三歳のとき、母はスナックの常連客だった男と蒸発した。

家を出て人混《ひとご》みに消えた母を追いかけたけど、みんな同じ顔に見えたせいで見つけられなかった。

それから僕は、父の弟に引き取られた。

普通の人とは違う「体質」と「家族」。

この二つを理由に、僕は十五歳にして人生を諦めていた。

僕みたいなやつは、きっとろくな人生を送れない。

人生が好転するような「運命」も、「他人に救われる」なんていう都合のいい未来も、けっして訪れないと思っていたのだ。

けれども、そうじゃなかった。

この先、僕には本当に運命の出会いが訪れたのだ。
しかも、その出会いは占い師の言った通り、ぜんぶで四回。
そして最後に、本当に結ばれるべき「運命の女性」が誰なのかわかった。
この小説は、僕の送った人生を、なるべく忠実に描いたものだ。
ただし、登場する人名などは、プライバシー保護のため一部変更している。
ある女性のアドバイスによって、ミステリー仕立ての構成にした。
僕から読者の皆さんに提示する謎《なぞ》は、
「占い師の言っていた『隠された真実』とはなんなのか？」
ということ。そして、
「夏目達也《なつめたつや》にとっての運命の女性とは、いったい誰だったのか？」
ということだ。
本文中には、いくつもヒントをちりばめてある。
この物語を読みながら、あなたに当ててほしい。

第一章　運命

第一話　運命の出会い　一回目　夏目達也　十五歳

占い師と別れた僕は、浜松駅の北口に到着した。

これから僕は、吉川彩乃《よしかわあやの》という女の子と会う。

歳《とし》は十六歳で僕より一つ上。建設会社の社長の娘でお嬢様だった。『だった』というのは、もう違うからだ。

僕は背負っていたリュックからニット帽を取り出してかぶる。この帽子が変身のトリガーだ。

目を閉じ、自分とはかけ離れた別人をイメージする。

――そいつは、明るく元気な太陽みたいなやつ。

――そいつは、明るく元気な太陽みたいなやつ。

――そいつは、明るく元気な太陽みたいなやつ。

目を開いた僕は、暗くて口下手《くちべた》で猫背な本当の自分「夏目達也」から、明るく元気な太陽みたいなやつ、「桜井玲央《さくらいれお》」になった。

自然と口角が上がり、背筋もピンと伸びる。僕は走って、駅の構内へと向かった。

新幹線の改札口付近に着くと、三人の若い女の子を見つけた。

一人ずつ観察していく。

ぽっちゃり目の子――違う。彼女は痩《や》せ型。

ショートカットの子――違う。彼女の髪型はセミロング。

カジュアルな服装の子――違う。彼女の服装はもっと清楚《せいそ》だった。

……いない？

と、ショートカットの子が、左手で膝《ひざ》を小さくポンポンと叩《たた》きはじめた。

――吉川彩乃の癖《くせ》。

落ち着かないときは、いつもあの仕草《しぐさ》をしていた。

身長、体型、服装――髪型以外は、吉川彩乃と一致する。

僕は爽《さわ》やかな笑顔をつくり、

「彩乃ちゃん！」

と元気に呼びかけた。

「玲央！」

当たった。彼女の声だ。

「髪、切ったんだ。一瞬わからなかった」

「心機一転。変かな？」

僕は首を横に振る。

「すごく似合ってる。おれは絶対、こっちのほうがいいと思う！」

彼女が頬《ほお》を赤くしてうつむく。

桜井玲央になったときの一人称は「僕」ではなく「おれ」だ。

本当の僕はこんな歯の浮くような台詞《せりふ》は言えないけど、自分を偽っているときは恥ずかしくない。演じている間は、声量も話しかたも表情もこうなる。素の僕は地声が低いけど、声色も高音になる。

「玲央、急に呼び出してごめんね。部活は？」

「明日は試合だから、監督が休めって」

桜井玲央はサッカー部という設定だ。

本当の僕は部活をしていないどころか、学校にすらずっと行っていないけど。

「けど驚いた。急に引っ越すなんて……」

僕が大げさに眉を下げると、吉川彩乃はしゅんとした。

「実はね、お父さんの会社が倒産しちゃって。しばらくおじいちゃんの家に行くことになったの」

「……そうなんだ」

はじめて聞いたように見せる。

会社が倒産したことは知っていた。

「でも頑張る。玲央みたいに、いつも笑っていたいから」

明るい声。

だけど、どこか無理をしている。やっぱり落ち込んでいるのだ。

少しでも元気づけようと、僕はあることをはじめた。

「あっ、肩に糸くずがついてる」

と彼女の肩に右手を伸ばし、糸くずを取る仕草をする。

右手を戻して手の平を開くと——ミサンガが現れた。

桜井玲央の特技は手品だ。

「わぁ……」

感動する彼女にミサンガを差し出す。

そして——ニカッと歯を見せ、

「あげる！」

と『いつもの笑顔』を見せた。

ミサンガを受け取った吉川彩乃が、僕の笑顔をじっと見つめる。

「玲央とはじめて会ったときのこと思い出した。すごく綺麗《きれい》な顔なのに、そんなに可愛《かわい》く笑うんだもん。その笑顔を見たら、どんな子でも好きになっちゃうよ」

この笑顔は、女の子たちからよく褒められる。

「向こうに着いたら連絡するね」

吉川彩乃は一泊二日の旅行にでも行くように軽くそう言って、改札をくぐっていった。

彼女の姿が見えなくなったことを確認した僕は、夏目達也に戻った。

——今回も、最後までばれずに終わった。

大きく息を吐《は》く。

と、強烈な吐き気が襲ってきた。

急いで構内のトイレに駆け込み、胃の中のものをぜんぶ吐き出した。

最近は、一つの仕事がすべて終わったあとは、いつもこうなる。

理由はわかっている。僕はこうして、胃の中のものと一緒に罪悪感も吐き出しているのだ。

浜松駅の北口を出ると、後ろから声をかけられた。

「夏目達也だな?」

振り返ると、

「署まで同行してもらおうか」

男が言ってくる。

僕は顔以外の特徴を探る。

太くて低い声、身長は百七十センチほどで、ボサッとしたミディアムヘア、筋肉質のがっしりとした体型、歳は二十代後半から三十代前半。目の前の相手を押しつぶすような威圧感――。

「次郎《じろう》くん……脅かさないでよ」

僕の叔父、夏目次郎だ。

吉川彩乃の家は、先月、窃盗の被害にあった。

犯人たちは、次郎くんが率いる犯罪グループだ。まだ警察に捕まっていない。

吉川彩乃は知らないけど、その犯罪には、実は僕も加担していた。

窃盗被害が原因で彼女の父親の会社は倒産。そのせいで吉川彩乃は浜松から引っ越すことになったのだ。

胸をなでおろすと、次郎くんはいつものように「ははっ」と顔をくしゃっとさせて笑い、僕の首に腕を回してきた。

「今回は私服警官だ。でも騙《だま》されないな、さすがはおれの甥《おい》だ!」

次郎くんはこうやってたまに別人のふりをして僕に話しかける。タチの悪い冗談だ。

「どうしたの?」

「たまたまお前が駅に入って行くのを見かけてな。あの娘とまだ会ってたのか？」

僕は黙ってしまう。

夏目家には次郎くんの決めたルールがいくつもある。

叔父を「叔父さん」ではなく「次郎くん」と呼ぶこと、自分の金は自分で稼ぐこと、窃盗が終わった家の娘とはもう接触しないことも、ルールのひとつだった。

「……ごめん」

「あんまり同情しすぎるな。お前は兄貴に似て優しすぎる。そのうち足をすくわれるぞ」

「うん」

次郎くんが、僕の頭にすっと手を伸ばす。

僕は思わずビクッとしてしまう。

「これをかぶるのは、別人を演じているときだけだろ？」

次郎くんが僕の頭からニット帽を外した。

僕は苦笑いして、

「と、とるの、忘れてた……」

次郎くんからニット帽を受け取る。

「さっきの子も、まさかお前がこんなビビリとは思ってないだろうな」

「そうだね」

次郎くんは微笑《ほほえ》んだ。

「次の仕事の件を葉子《ようこ》に伝えておいた。家に帰ったら聞いといてくれ」

そう言って次郎くんは去った。


次郎くんたちの窃盗のやりかたは、いつも同じだった。

①まずは次郎くんたちが窃盗する家を決める（選ぶのは若い娘がいる家だけ）。
②葉子がその家の娘を下調べする。
③僕がその娘に近づき、窃盗に役立つ情報を調べる。期間は一ヵ月。
④その情報を参考に、次郎くんたちが家に入って窃盗をする。

僕の仕事は③だけだ。窃盗は大人たちがやる。

窃盗に役立つ情報とは、「家に誰もいない時間はいつか」「金目のものは家のどこにあるか」「金庫や通帳は家のどこにあるか」「玄関先やポストなどに家の鍵《かぎ》を隠しているか」など。

こういった情報があれば、窃盗の成功率が格段に上がる。

この犯罪を思いついたのは、僕だ。

引き取られたばかりの頃、ある理由があって、僕から次郎くんに提案した。

普通なら窃盗に役立つ家の情報を調べるのは難しいけれど、裕福な家の女の子に近づいて家のことを聞き出したり、家に招かれるほど親しくなれば――つまり、女の子に恋をさせたらいいと思った。

自分ではもう確認できないけど、僕は子供の頃から「綺麗な顔だ」と言われてきた。知らない女の子からもなんどか告白されたこともあったから、もしかしたらできるかもしれないと思ったのだ。

少しでも自分を格好良く見せるために髪も伸ばし、今では肩までの長髪になった。

はじめはこの仕事を上手《うま》くできなかった。

素の僕は暗くて口下手だし、罪悪感もあったため、なかなか女の子と仲良くなれなかったのだ。

そこで僕は、女の子と会うときだけ「桜井玲央」という、自分とはかけ離れた元気で明るい別人を演じるようになった。

玲央のモデルは、顔がわからない体質になる前に観《み》た一九九七年のアメリカ映画『タイタニック』の主人公、ジャック・ドーソン。豪華客船タイタニック号で出会った男女のラブストーリー。ジャックはヒロインを元気に明るく励《はげ》ましてくれる太陽みたいな青年。

僕は昔から「ハーフっぽい」とよく言われてきたし、女の子にモテそうなキャラクターだから、この人物を選んだ。レオナルド・ディカプリオが演じていたから偽名も「玲央」にした。

僕は日頃から他人を顔以外の特徴で覚えるため、ジャックの特徴を真似《まね》することはそこまで難しくなかった。仕草、歩きかた、行動。声や話しかたも日本語吹き替え版をコピーした。

ジャックになりきればなりきるほど、僕ではない別人になった気がして女の子と自然に会話できたし罪悪感も払拭《ふっしょく》できた。

けれど、罪悪感は完全には消えることはない。

だからいつも仕事が最後まで終わると吐いてしまうし、女の子との別れ際にはさっきみたいなフォローもしてしまう。そんなことをしても、償えないとわかっているのに。

このままじゃいけないことはわかっている。

けど、どうしていいかわからないまま、もう二年もこの仕事をしていた。

最近、よく思う。

僕みたいな人間は、どうやって生きて行ったらいいのだろうかと。

浜松駅から五分程度歩き、雑居ビルに入って三階の自宅前につく。

間取りは2LDK。この家に次郎くんはほとんど来ない。

次郎くんには保護者らしいことを一度もされたことがない。放任ではあるものの、この仕事で得た金の数パーセントをギャラとして手渡されているため、僕たちはその金で生活している。「自分の金は自分で稼げ」も夏目家のルールだ。

自宅に入ると、髪の長いすらっとした女の子が玄関までやってきて、

「おかえり。ただいまのキスは？」

と言って、目を閉じた。

甘えてくるような猫なで声は、彼女の特徴だ。

「ただいま」

僕は彼女を素通りして、リビングへと向かう。

「あっ、無視した。ひどい！　さては、あのお嬢様のこと好きになったんでしょ？」

「なってないよ」

僕は微笑む。

「よかった。達也のファーストキスの相手はわたしだからね」

血の繋《つな》がっていない僕の妹、葉子。

次郎くんの昔の仕事仲間の娘で、僕が引き取られる少し前に身寄りがなくなってここへ来た。

まだ中二なのに妙に男慣れしている。身長も僕と同じ百六十五センチで女の子にしては

高く、大人に間違われることもよくあり、たまに大学生にナンパされるようだ。

僕がここに来たばかりの頃、葉子は次郎くんに別の仕事をさせられていた。

その頃はもっと素っ気《そけ》なかったけど、僕が女の子を騙す仕事を思いつき、葉子にも手伝ってもらうようになってから、急に僕になつくようになった。

リビングにあるダイニングテーブルの椅子に腰掛けると、葉子に言われた。

「次郎くんが次のターゲットに近づけってー」

「うん、さっき駅で会って聞いた」

「そうなんだ」

葉子がケータイをテーブルの上に置いた。

ケータイの画面には、髪の長い女の子が写っていた。

が、僕にはどんな顔なのかわからない。

「鈴木和花《すずきわか》ちゃん。資産家の娘で中学三年生。すっごく可愛いよ。彼女と同じ中学の男友達からいろいろ聞いたの。この写真はわたしが隠し撮りした」

葉子の仕事は、次郎くんがターゲットに選んだ裕福な家の娘を下調べすること。

下調べの内容は、「尾行」と「聞き込み」だ。

尾行は、僕が娘に声をかけやすい場所を探るため。わかりやすく言うとナンパだ。

どんな子か聞き込むのは、娘のタイプによって声のかけかたを変えるため。

葉子は僕と違ってコミュニケーション能力も高いし顔も広い。同年代から高校生まで知り合いが大勢いるから、いつも娘と年齢の近い友達に聞き込みをして情報を探る。

「成績優秀で運動神経も抜群。去年は交換留学生に選ばれたんだって。彼氏もいなくて真面目《まじめ》な子みたい。あとね……」

そこまで言って止まった葉子は「やめた」と言った。

「なに？」

「ううん、なんでもない。情報はこれだけ」

めずらしい。いつもはもっと詳しく伝えてくるのに。

「前から訊きたかったんだけど、達也って顔以外の特徴で人を見分けてるんだよね？」

葉子が話を変える。

「うん」

「特徴って、声と髪型と体型と……服装？」

「それ以外もあるよ。姿勢や歩きかたや仕草とか。あとは癖や雰囲気、ヒゲとかほくろとかでも区別してる」

「よくそんなに覚えられるね」

母に捨てられてから、顔以外の特徴で人を覚えることが急に得意になった。

きっと、また他人を区別できなくて、あんな思いをするのが嫌だからだろう。

「じゃあさ、好きになった子はどう見えるの？」

　葉子がはしゃいだ声で訊いてくる。

「どう見えるって？」

「達也は美形だけど、わたしは達也が実物よりずっと格好よく見えてるの。男子も、好きな女子は可愛く見えるって言うし」

　葉子はこうやって僕に気のあるような態度を見せるけど、本気か冗談かよくわからない。本気だとしても思春期の今だけだろうと思って、あまり相手にしていない。

「わからないよ。好きになったことないし」

　今まで出会った女の子たちは、だいたいが僕を気に入ってくれたけど、僕は誰かを好きになったことはない。誰かに興味を持ったことすら一度もない。

　みんな、僕の外見と造られた性格を好きになるとわかっているからかも。

　この仕事をしてから、僕が思っていた以上に、人は他人の表面しか見ていないことがわかった。誰も本当の僕なんて気にしていないのだ。

「本当にみんな同じ顔に見えてるんだ。つまんないね」

　葉子があっけらかんと言う。この体質については気を遣われるよりこれくらいのほうがいい。

「そうでもないよ。人と会うときは、顔を想像しながら会話してるから。顔以外の特徴から、こんな顔なんだろうなって」

「ふーん……でもなんかロマンチック」

「なにが?」

「もし誰かを好きになったら、中身だけに惹《ひ》かれたってことでしょ? 真実の愛っぽいじゃん。達也はどんな子を好きになるのかな?」

そんなことに興味はない。話を戻そう。

「……それで、その和花さん? どこで声かければいいの?」

「あっ、しばらく尾行したんだけど、毎週土曜に有楽街《ゆうらくがい》商店街のカラオケに一人で通ってるの。そこならナンパしやすいんじゃない?」

「わかった」

「ひとカラが趣味ってめずらしいな……まぁ、練習かもしれないけど」

「練習?」

「友達と行ったらそれなりに歌えないと恥ずかしいから」

僕は葉子と違ってずっと学校に行ってないから、こういうことには詳しくない。

「そんなもんなんだ」

「……覚えたい曲があるから、今度付き合ってよ」

明るく言う。友達のいない僕を気遣《きづか》ってくれたように見えた。

葉子はこの仕事にそれほど罪悪感を抱いていないようだけど、こんなふうに優しいところもある。

僕の特技の手品も、葉子に「達也は顔がいいからそんなんでも女の子に好かれるよ」と言われて覚えた。

そんな葉子のことを、僕はいつのまにか本当の妹のように思っていた。

本当はこんな仕事したくない。ここから逃げ出そうとしたときもあったけど、そのたびに葉子のことを考えて踏みとどまった。

葉子を一人置いて、この家を出ることはできない。

その夜、僕は自分の部屋でラジオを聴いていた。

「どうも、こんばんはー」

関西出身の芸人コンビが司会を務めるこのラジオ番組を、僕は毎週聴いている。

出演者は芸人コンビと放送作家の三人。

僕の今の趣味は、小説を読むことと、音楽鑑賞と、このラジオ番組を聴くこと。

仕事では社交的なやつを演じているけど、素の僕はかなりのオタクだ。

小さい頃の趣味はもっぱらテレビ鑑賞だった。夜は母が家にいなかったから、いつも一人でテレビを観ていて、バラエティ番組やドラマや映画に夢中になった。

好きなお笑い芸人の出演するバラエティ番組を観たら心の底から笑えたし、ドラマや映画は、自分が別の人生を体験している気分になれて没頭できた。

けど、十二歳で顔がわからなくなってからは、テレビをあまり観なくなった。出演者や登場人物が多いと誰が誰だかわからなくなって混乱してしまうからだ。

小説や音楽やラジオなら、僕も普通の人と同じように楽しめる。

このラジオ番組の好きなところは、なんと言っても芸人コンビによるフリートーク。番組の冒頭では、世の中で起こった出来事や有名人のことなどについて自由に話をする。彼らはもともと毒舌なのだが、ラジオだと、その度合いがもっと激しくなる。

少し前も、芸人コンビがある女優さんの悪口を言っていたのだが、その後、女優さんの所属事務所からクレームが来たから、ディレクターが謝りに行ったそうだ。そのエピソードもこのラジオで放送作家がおもしろおかしく話していた。

素の僕は普段から思っていることを言えないことが多いから、彼らの毒舌ぶりを聴いているだけで気持ちいい。

芸人コンビと放送作家の三人でワイワイと話している雰囲気も好きだ。

三人はいつも笑っている。

聴いているだけで自分も仲間に入っている気がしてくる。学校の休み時間に、友達との会話に参加しているような気分になれる。僕には友達がいないから、こういうワイワイ感にも憧《あこが》れる。

リスナーがネタを投稿するコーナーもおもしろい。

テーマに沿ったネタを毎週リスナーから募集し、おもしろかったハガキが読まれる。ほかのラジオ番組よりも投稿数が多いため、なかなか読まれないことでも有名で、ネタのレベルも高いのだ。ネタがいつも採用されている有名なハガキ職人が何人もいる。この番組に出演している放送作家も元ハガキ職人だ。

このラジオ番組を聴いている時間だけは、なにもかもを忘れられる。


ラジオを聴き終わったあと、一人で深夜営業しているラーメン屋に行った。

夕方に吐いたため夕食も抜いていたから、今頃になってお腹《なか》が空いたのだ。ラーメンを一杯食べ終わったあと餃子《ギョーザ》を追加したくなったけど、そのことを店員さんになかなか言えず、なんどもタイミングを見計らってようやく言えた。

内気な僕にはこんなことがよく起こる。注文の際に店員さんを呼ぶことすらためらってしまう。美容院も会話に困るから、十分で終わる千円カットしか行かない。

素の僕はこういう人間だ。吉川彩乃と話していた、明るく元気な桜井玲央とは違う。


土曜の昼過ぎ。

僕と葉子は、鈴木和花の通っているという有楽街商店街のカラオケ店の前にいた。

いつも最初だけは、葉子も同行して娘がどこにいるか教えてくれる。

土曜ということもあり、商店街には家族連れがたくさんいた。

「けっこう人いるけど大丈夫?」

葉子が人混みを見ながら言った。

「これくらいなら平気」

僕には苦手な場所が二つある。人の多い場所と高い場所だ。

なぜだかわからないけど、僕は昔から人混みが怖い。

以前、葉子と一緒に自宅に帰る途中、浜松まつりのギャラリーの間を抜けようとすると、恐怖を感じてその場から一歩も動けなくなったこともあった。

高い場所は、ジャングルジムから落ちて顔のわからない体質になってから怖くなった。

「来たよ。チェックのコートの子」

葉子の目線をたどると、商店街の奥から髪の長い女の子が歩いてきた。

チェックのコートに、白いハイネックのインナー、スカートも白。お嬢様らしい清楚なファッション。

……けど、ちょっと様子が変だ。まわりをキョロキョロと見渡しながら歩いてくる。

「特徴、覚えた?」

葉子に訊かれる。

「……あ、うん。覚えた」

「じゃ、頑張ってね」

葉子は姿を消した。去り際は、いつも心配そうな表情を見せる。

さあ、仕事だ。

いつものようにニット帽をかぶってジャック・ドーソンをイメージした。

そして鈴木和花に声をかけるため、僕は歩きはじめた。

——いつも通りだ。いつも通りにやればいい。

そう自分に言い聞かせながら、彼女との距離を縮めていく。

十メートル、五メートル、二メートル。

そして話しかけようとした瞬間——

「すいません！」

いきなり、いつもとは違う展開になった。

ターゲットから声をかけてきたのだ。

「小さい女の子、見ませんでしたか？」

「えっと……」

思わず戸惑いながら答える。

「あっ、妹が急にいなくなっちゃって……あの子、このへん詳しくないから迷子になってるかも」

心配そうに言う。

……妹？

葉子からは、鈴木和花は一人でカラオケに通っていると聞いていた。たまたま今日だけ連れてきたのか？　いや、今はそんなことよりも——

「見失ったのはいつ？」

桜井玲央のキャラのまま訊く。

「ついさっき。有楽街を歩いてたらいなくなって」

「……おれも探すよ」

チャンスかもしれない。妹を探し出せば、鈴木和花に近づける。

「えっ、でも……」

「妹さんの年齢と名前……それと、特徴は？」

いつもとは展開が違うけれど、距離の詰めかたはナンパと同じだ。

警戒心を持たれても、なにかを考えさせないために次の質問をすれば、自然とこっちのペースに巻き込める。

「歳は十歳で、名前は文花《ふみか》。赤いリボンをつけてて……あっ、写真があります」

ケータイの画面を見せてくる。鈴木和花と妹らしき人物が並んでいる自撮り写真。

僕には二人とも同じ顔に見える。

ただ、妹の頭についている赤いリボンはめずらしいデザイン。かなり大きくて結び目のところに円形の白いパールがついている。この目印を頼りに見つけられる。

「二手に分かれて探して、十分後にここに集合しよう。いい？」

「……はい。ありがとう」

鈴木和花は少し安心したように微笑んだ。

僕は肴町《さかなまち》方面を、鈴木和花は田町《たまち》方面を探すことになった。

しばらく探すと、肴町の電柱の前で、膝を抱えてうずくまっている女の子を見つけた。

頭にリボンはつけていなかったけど、年齢は十歳くらいに見えた。髪型も輪郭《りんかく》もさっきの写真の子と似ていた。

「文花ちゃん？」

こちらに顔を向けた。たぶん、本人。僕は文花ちゃんの前まで行ってしゃがみこむ。

「お姉ちゃんが探してるよ。一緒に戻ろう」

文花ちゃんは立ち上がって後ずさりをする。なぜだか、僕を異常に怖がっている。

困った僕はダメもとで、先日、吉川彩乃に見せた手品を文花ちゃんにしてみた。鈴木和花に気に入られるために披露する可能性も考えて、ミサンガを持ってきていたのだ。

すると、文花ちゃんは目を輝かせて驚き、ミサンガを受け取った。

「どうやったの？」

興味津々に訊いてきたから、

「一緒に戻ったら教えてあげる」

僕はニカッと笑い、手を差し出した。

文花ちゃんは、ちょっと恥ずかしそうにその手を握ってくれた。


有楽街商店街に戻ると、先に待っていた鈴木和花がすぐに駆け寄ってきて、

「文花、ごめんね」

と文花ちゃんを抱きしめた。

「ごめんなさい……」

文花ちゃんも鈴木和花に謝って、ポケットからリボンを出した。さっきの写真に写っていたパールのついた赤いリボン。迷子になっている最中に外れたようだった。

鈴木和花がリボンを文花ちゃんにつけているとき、

「かわいいリボンだね」

と鈴木和花に言うと、彼女はなぜか「うん」と気まずそうに苦笑いした。

「ねえねえ、さっきの手品教えてー」

文花ちゃんに楽しげに訊かれる。

それを見ていた鈴木和花が、

「文花が知らない人にこんなに懐《なつ》くなんて……」

驚いたように言う。

「さっきはおれをすごく怖がってた。妹さん、人見知りなの?」

「あ、うん……」

言いにくそうに口をつぐむ。

ちょっと変だと思った。

迷子になっていたとはいえ、文花ちゃんはもう十歳だ。文花ちゃんを見つけたときの鈴木和花の安堵《あんど》しようも大げさに見えたのだ。

「なにか、事情があるの?」

なにげなく訊くと、鈴木和花は言葉を詰まらせた。

ガードが固い。

妹もここにいる以上、真正面からナンパするのは難しい。

けど、この話をきっかけに距離を縮められるかもしれないのだ。

「言ったら、なにか変わるかもしれないよ」

僕は桜井玲央らしく元気に言った。

すると、鈴木和花はやっと事情を話しはじめた。

文花ちゃんは三ヵ月ほど前、学校でいじめにあい登校拒否になったという。やがて他人と話すことも怖がるようになり、家に引きこもってしまった。最初は見守っていたけど、ずっと様子が変わらなかったので、今日、文花ちゃんを元気にさせようと外に連れ出した。しかし文花ちゃんは途中で逃げ出してしまったそうだ。

僕も顔がわからないせいでいじめられて学校に行かなくなったから、少しだけ文花ちゃんの気持ちがわかった。

そして――あることを思いついてしまった。

「文花ちゃんを元気にさせる作戦、おれにも手伝わせてもらえない？　二人より三人で遊びに行ったほうが楽しいと思うよ」

こうすれば、鈴木和花に好かれるという目的も達成できるし、文花ちゃんの問題も解決できる。悪意と善意が入り混じっていた。

「でも……」

鈴木和花の顔以外の特徴が徐々に見えてきた。

地声が高く、ゆっくりとした口調でふんわりした空気をまとっている。顔をよく見ると額に小さなほくろがあった。この特徴を覚えておけば、今後、彼女を間違えない。

「文花ちゃんに必要なのは、知らない人と仲良くなる経験だと思うんだ。おれと友達になれたら、ほかの人も怖がることがなくなる気がして……」

「そんなの、君に悪いよ」

なかなか首を縦に振らない。

遠慮なのか本当に嫌なのかわからなかったから、とっさに嘘《うそ》をついた。

「実はおれ、怪我《けが》でサッカー部を辞めたばっかで。家にいるより気晴らしになるから」

「けど……」

まだ受け入れない。

葉子が言っていた「真面目な子みたい」という情報は本当のようだ。

どうする？　次の手を打たないと——。焦っていると、意外な人が助け舟を出してくれた。

「いいよ」

文花ちゃんが、にこにこしながらそう言った。

それを見た鈴木和花も、遠慮気味に「じゃあ」と了承してくれた。

とりあえずホッとする。

と、僕は思い出す。

——いつもの元気な笑顔。

鈴木和花はかなり真面目そうだ。でも、この前、吉川彩乃にも言われた。あの笑顔を見せたら、どんな子も僕を好きになると。早いうちに鈴木和花に気に入られたい。

そこで僕は、ニカッと歯を見せ、『いつもの元気な笑顔』をつくった。

「これからよろしくね！」

しかし、予想とは違った反応が返ってきた。鈴木和花が突然、なにかを我慢するようにうつむいた。

そして、クスクスと笑いはじめ……あげくの果てには声をあげて笑ったのだ。

「え……？」

僕が戸惑っていると、鈴木和花は急にはっとして、

「ごめんなさい！」

真剣な顔で謝ってきた。

「い、いや、ちょっと張り切りすぎたね。こっちこそごめん！」

鈴木和花はしばらくうつむき、申し訳なさそうな態度をしていた。

こんなことはじめてだった。

彼女はほかの子とは違う――。

このときは、まだそれくらいにしか思わなかった。

それから僕たち三人は、週になんどか、浜松市内の観光スポットで遊んだ。

浜名湖《はまなこ》ガーデンパーク、はままつフルーツパーク時之栖《ときのすみか》、浜松市楽器博物館、浜名湖遊覧船、スズキ歴史館。

文花ちゃんははじめこそ店員さんなどの知らない人と接するときにはおどおどしていたけど、それも徐々に改善され、目に見えて明るくなっていった。

一方、鈴木和花と僕の仲は思ったように進展しなかった。

鈴木和花はこれまでのお嬢様たちとは違っていた。

彼女の性格を一言で表現すると、「しっかりもの」。

家が裕福には違いないけど(一度、二人を家の前まで送ったのだが大豪邸に住んでいた)、洋服はすべてファストファッションだったし、流行やブランドにもそれほど興味がなく庶民と同じ金銭感覚。一緒にどこかに行くときは、いつも文花ちゃんの面倒をよく見ていた。

また、雰囲気はおっとりしているのだが、自分の意見をはっきり言う子だった。

なんどか会って僕とも慣れた頃、彼女はこんな話をしてきた。

「この前、友達がファーストキスをしたんだけど、キスする直前、男の子から『キスしていい?』って訊かれたらしいの。わたしはそんなの嫌だな。男らしく黙ってしてほしい」

こんなふうに恋愛に興味がないようには見えなかったけど、僕にはなびかなかった。今まで会った女の子たちが喜んだようなことをどんなに言っても、どんな手品をしても反応が薄く、いつまで経《た》っても僕を異性としては見てくれなかった。

そのため、なかなか家のことも訊けず、家に遊びに行ける雰囲気もつくれなかった。

それでもなんとか距離を縮めるため、趣味を聞き出した。

鈴木和花のいちばんの趣味は「ドラマを観ること」。去年、有名な映画祭で主演女優賞を受賞した演技派女優、青山三枝《あおやまみえ》の大ファンだという。

そしてもう一つの趣味は、「音楽鑑賞」。偶然にも僕と好みが似ていたために、この共通点から仲を深めようとした。お互いの好きな曲をＣＤに焼いて交換し合ったのだ。さらに、文花ちゃんに関することでメールもしたりしながら、なんとか以前よりは距離を縮められていた。

いつもとは違って友達のような関係になったけど、このまま仲を深めていけば、やがて家に行ける――。

そう思っていたのだが、結局なにも進展せず、鈴木和花と出会ってから二週間が経ってしまった。

「ほら、どんどん食えよ」

次郎くんがトングで焼けた肉を摑《つか》み、僕の小皿に載せてくる。まだ皿が空いていないのに次々と載せてくるから、小皿から肉が落ちそうだ。

「次郎くん、もうお腹いっぱいだから」

僕が言う。けど次郎くんはにこにこして、

「男だろー、もっと食えよ。葉子は？」

気にせず話を進める。

「ダイエット中だからこれだけでいいー」

葉子がサラダを頰張《ほおば》る。

いつもの光景。

その夜、次郎くんと葉子と僕は、近所にある個人経営の焼肉店にいた。

「月に一度は家族で外食する」というのも夏目家のルール。

次郎くんと外食した翌日、僕はだいたいお腹を壊す。こうやってやたらと食べさせられるからだ。葉子には「女は容姿が大事だから」とそこまですすめないけど、僕にはとにかく食べさせようとする。

次郎くんとその兄——つまり僕の父も、僕と同じように幼い頃に父親を失《な》くして母親だけに育てられた。兄弟はとても貧しい環境で育ち、いつもお腹いっぱい食べられなかったそうだ。次郎くんにとって、「子供に食べ物をたくさん与えること」はいつでも正義だ。

「達也、家の情報がまだ上がって来ないけど、どんな感じなんだ？」

次郎くんが肉を焼きながらなにげなく言う。

「あ……うん。なかなか上手くいかなくて……」

「めずらしいな」

少し驚いた顔。ここ一年くらい、二週間あれば必ず多少の情報は聞き出してきた。

「達也、いつもとちょっと違うのよ」

葉子が不機嫌そうに言う。

「へえ」と次郎くん。

「いつもよりたくさんメールしてるし、いつもパソコンでCDを焼いているの。プレイリストを交換してるんだって」

「ははっ、そんなのはじめてだな。達也もついに惚《ほ》れたか」

次郎くんがまた焼けた肉を僕の小皿に載せる。

「違うよ。彼女が僕になびかないから」

「どーだか」

葉子が口を尖《とが》らせる。

「まあ……前みたいにならねえようにしろよ」

次郎くんの顔から笑みが消えた。

一瞬、場の空気が張り詰める。

「そ……そんなわけないじゃん。ねえ、達也」

葉子が焦ったように明るく言う。

「うん」僕も焦りながら答える。

次郎くんは、また笑顔になった。

「前にも言ったけど、お前にはそろそろおれの仕事を本格的に手伝ってもらうつもりだ。頼りにしてるぞ」

「……うん」

父は中学卒業後に真面目に働く道を選んだけど、次郎くんは違う道を選んだ。なんでこんな道を選んだのかは知らない。

窃盗以外の犯罪もしているみたいだけど、普段はなにをしているかもわからない。自分も犯罪を直接実行しているのか、指示しているだけなのかも不明。

僕を引き取ってくれた次郎くんには感謝している。

だから、次郎くんのやっていることを探ったり、口を出すことは違うと思っている。

母が蒸発してから、僕はしばらく施設に預けられた。もともと母は深い親戚《しんせき》付き合いをしていなかったし、連絡先のわかった数少ない親戚もみんな僕を引き取ることを嫌がったからだ。親戚たちに顔のわからない体質のことを言うと、みんな気まずそうな顔をした。

この体質を持っていたせいかはわからないけど、とにかく僕の引き取り手は現れなかった。

そんな中、どこからか僕のことを聞きつけた次郎くんが現れた。

僕が自分の体質のことを次郎くんに話すと、

「家《うち》、来るか？」

そう言って、顔をくしゃっとさせて笑った。

引き取られた日、次郎くんに言われた。

「人には分相応がある。強く生きろ」

親もいない。家もない。金もない。特別な才能もない。その上、こんな体質を抱えている。そんな僕は、自分に合った生きかたをしなければいけない。

そう説明されて、完全に将来に諦めがついた。

小さい頃、僕はサッカー選手になりたかった。

自分で言うのもなんだけど、小学校のチームでは上手いほうだった。けど、この体質を抱えてからチームメイトの顔もわからなくなった。もともと口下手でチームメイトたちともそこまで仲良くなかったのに、この体質を抱えてからは味方だと思ってパスしたら敵だった、などというミスもよくしてしまうようになり、結局すぐに辞めてしまった。

次郎くんの言葉で楽になった。やっぱりそうか、と思ったのだ。どうせ普通には生きられないのだから、分相応に生きようと思った。そして僕は、次郎くんの仕事を手伝うことに決めた。

「よし。そろそろだな」

網の上の肉がやっと無くなった頃、次郎くんが店員さんに手を挙げて合図をした。

店内の照明が暗くなる。

店員さんたちが歌いながらホールケーキを持ってくる。

ハッピーバースデー・トゥーユー。ハッピーバースデー・トゥーユー。

ハッピーバースデー・ディア・ヨウコー。ハッピーバースデー・トゥーユー。

ケーキの上には十四本のろうそく。今日は葉子の誕生日だった。

葉子がちょっと恥ずかしそうに火を吹き消す。

店員さんやお客さんたちが一斉に拍手する。

これも夏目家のルール。「誕生日は必ず家族三人で祝う」。

次郎くんは毎年、こうして僕たちのバースデーを祝ってくれる。

葉子もこういうことは嫌がってもおかしくない年頃だけど、ただ嬉しそうだった。

葉子と次郎くんが、ケーキに載っているチョコレートの取り合いをはじめた。

二人はよく、こんなくだらないことで喧嘩《けんか》する。ついこないだも、リビングでテレビのチャンネル争いをしていた。次郎くんには子供のようなところがある。

その翌日、僕は鈴木和花と文花ちゃんと会った。

今回行ったのは、ブルーインパルスの戦闘機などが展示されている、航空自衛隊浜松広報館、別名「エアーパーク」。

文花ちゃんが飛行機を夢中になって見ているとき、鈴木和花に訊いた。

「和花ちゃんには、夢はあるの？」

もっと仲良くなるために切り出した話だった。僕には夢なんてないし興味もないけど、この話を女の子とすれば盛り上がることが多い。

「うん、二つある」

二つ？

また、いつもの女の子と違う答え。今までなんどもこんなことがあった。

「一つ目は？」

「アメリカのアラバマ州で暮らすこと。去年、交換留学で一年間住んだらすごくいいところで。将来は絶対にここに住みたいって思った」

そういえば、葉子からも聞いていた。

交換留学は成績優秀でなければ選ばれないはず。かなり頭の良い子なのだろう。

「どうやったら住めるの？」

「英語を話せることが最低条件。だから今は受験勉強を頑張ってる」

僕はしばらく勉強なんてしてないけど……いったい、どれくらいしているのだろう。

「一日に何時間くらい勉強してる？」

鈴木和花は「うーん」と首をかたむけてうなった。

考えるときにする特徴的な癖。これまでになんども見てきた。

「八時間くらいかな……」

「八時間⁉」

「奨学金制度を使いたいから」

僕は眉を寄せ「なにそれ？」という表情をつくった。

「いい成績で入学すれば学費を免除してもらえるの。大学もそれで行くつもり」

ふと疑問に思った。お嬢様だから、お金には困っていないはずだ。

「なんで、その制度を使いたいの？」

すると彼女は、めずらしく寂《さび》しげな声を出した。

「……親の力に頼りたくないんだ。あんまり仲良くないから」

だからか。

今までの女の子は何気ない会話の中から少しは家族の話が自然と出てきたのに、彼女からは一度も出てこなかった。金銭感覚が庶民とズレていなかったのはそのせいだ。

しかし、これでますます、家に遊びに行く空気を作りにくくなった。

「もう一つの夢は？」

鈴木和花は頭を傾けて「うーん」と、うなった。

「ちょっと恥ずかしいから言いにくい。こっちのほうが難しいし」

アメリカ移住よりも恥ずかしくて難しい？

気になって探ろうとする。

「そっちも、叶《かな》えるためになにかしてるの？」

「独学で勉強したり……あ、練習のために通ってるところもある。君と会った日もそこに文花を連れて行こうとしてたのよ」

――カラオケだ。

……歌手？

そうだ……歌手が夢とは、さすがにちょっと言いづらいかも。

それにしても――海外移住と歌手とは。どちらも、そうとう難しいはずだ。けど、彼女は親の力を借りずに努力をしている。

今までも夢を持っていたお嬢様はいたけど、これほど具体的に叶えようとしている子ははじめてだった。なんで、そんな難しい夢に向かうのだろう。

「どっちも難しそうだね。違う夢にしようとか思わないの？」

「しかたないよ。その二つがいちばん興味あるから」

ちょっと困ったように言う。

すごいな。叶えられないかもしれない夢に愚直に向かうなんて。

生まれたときから裕福だから、こんなに自信のある子に育つのだろうか。

「叶えられる自信は？」

彼女は、「全然ないよ」と言ったあと、「けど――」と続けた。

「やってみないとわからないから。最初から逃げるのは嫌なの」


しばらく、彼女に見とれてしまった。

「どうしたの？」

「あ、いや、なんでもない」

なぜか焦りながら、僕は目をそらした。

なんだ？　何が起こった？

今までに感じたことのない気持ちが湧《わ》き上《あ》がった。

「君には夢はあるの？」

「前はサッカー選手だったけど、怪我しちゃったから……」

「高校に入ったら、またやらないの?」

明るく言ってくる。恐ろしく前向き。なんでこんなに僕と違うのだろう。

苛立《いらだ》ちを覚えた。

嫉妬《しっと》だ。自分が彼女みたいに生きられていないから、きっと羨《うらや》ましいんだ。

だからかもしれない。演じていることも忘れて、つい本音が出てしまった。

「無理だよ。かなりブランクもできたし……」

彼女には最近辞めたように伝えていたけど、実際にサッカー選手の夢を諦めたのはかなり昔だ。顔のわからない体質になった十二歳からやっていない。

三年のブランク。今からはじめてももう遅い。こんな体質も抱えている。

だいたい、中学もずっと休んでいるから、もう高校にも進学できないだろう。

「可能性が一パーセントでもあるなら、挑戦する価値はあるよ」

彼女が悪びれずに言ってくる。言葉のトーンや表情から、考えを押しつけているわけじゃないとわかった。心から応援してくれているのだ。

それがわかったから余計に腹が立った。

あまりにも自分とは違う。僕は彼女と違って、挑戦もしないで逃げた。顔がわからない体質を抱えて、これ以上、傷つくのが嫌だったから。

僕は反発する。

「叶わなかったら苦しいだけだよ。なにも残らない」

「そんなこと言ったらなにもできないよ。それに、やってみて無理そうだと思ったら、ほかの道がある」

「ほか？」

「うん。興味のあるものは一つだけじゃないでしょ？」

「……」

「なにか、あるはずだよ」

鈴木和花は優しく微笑んだ。


その夜。

僕はベッドに寝そべりながら、いつものラジオ番組を聴いていた。

と、鈴木和花から聞いた言葉がよみがえった。

『やってみないとわからないから。最初から逃げるのは嫌なの』

彼女と別れてから、なんどもなんどもあの言葉を思い出していた。

なんでこんなに思い出すのだろう。

自分の未来なんて、もう諦めたはずなのに。
僕は……今の生きかたが嫌なのか？
夢を追いかけたい？
自分の可能性にかけてみたいのか？
……サッカー選手になることはもう難しい。
でも、ほかの夢なら？
鈴木和花は言っていた。「ほかの道がある」と。
……本当にあるのか？
こんな僕でも、叶えられる夢ってあるのか？
興味があること。
僕が今、いちばん興味があることは？
しばらく考えていると、やがてあることに気づいた。
ベッドから起き上がり、家を出て近所のコンビニに走ってハガキを買った。
家に戻った僕は、そのハガキにネタを書きはじめた。
あのラジオ番組に出演している放送作家が、いつか番組内で言っていた。
「放送作家に学歴はいらない」と。
お笑い芸人になりたいとは思わない。

自分が表舞台に立ってなにかをする勇気なんてないし、人前で話すことも苦手だ。けれど、裏方なら。放送作家なら。

あのラジオ番組に出演している放送作家みたいに、芸人たちの仲間に入りたい。もしもそうなったら、どんなに楽しいだろう――。

自分がこんな職業につけるわけがない。夢なんて追う資格すらないこともわかっている。ただ、疑似体験をしてみたかった。

夢を追いかける鈴木和花がすごく眩《まぶ》しく見えたから。

なにげなくネタを書きはじめてみたら――気づくと、朝になっていた。

それからも、僕は鈴木和花から家の情報も探れなかったし、家にも行けなかった。

僕が異性として見られていないということもあったけど、なぜだか夢を語っていた彼女を見て以来、強い罪悪感を覚えるようになってしまったのだ。

いつの間にか猶予《ゆうよ》は一週間になった。

これだけ長い間、ひとつも家の情報を聞き出せないのははじめてだった。

バス停の前で待っていると、一台のバスが停まり、赤いリボンをつけた女の子が一人で降りてきた。

「玲央くーん！」

文花ちゃんが声をあげて駆けてくる。

今朝、鈴木和花から「急用で遅れる」と連絡が入ったため、昼まで僕と文花ちゃんだけで、浜松市にある総合大型ゲームセンター「ＯＺ」で遊ぶことになった。

はじめて会った日から今日まで、文花ちゃんはいつもパールのついた特徴的な赤いリボンを頭につけていたため、一度もほかの女の子と間違えることはなかった。

ＯＺに歩いて向かっている最中、文花ちゃんに訊いた。

「そのリボン、なんでいつもつけてるの？」

「お気に入りだから。今年の誕生日にお姉ちゃんに買ってもらったの。去年はオルゴールだった」

「へえ」

「あとねえ、お姉ちゃんのためにもつけてる」

「お姉ちゃんのため？」

「あっ、えっと……お姉ちゃんが喜ぶから！」

文花ちゃんは満面の笑みを見せた。

姉妹は本当に仲が良かった。

いつも手を繋いでいたし、同じ服を着ていることも多かった。飲み物も食べ物もいつも同じメニュー。鈴木和花によると、文花ちゃんはなんでも「お姉ちゃんと一緒がいい！」と真似するのだという。

彼女たち姉妹は声も雰囲気もどこか似ていたけど、性格は文花ちゃんのほうがちょっと大人しく、いつも鈴木和花の後ろをついて行っている印象だった。

僕と文花ちゃんはＯＺでしばらく遊んだあと、ＯＺの隣にあるガストに入って鈴木和花を待つことにした。

お店に入った文花ちゃんは、店員さんに「あとから鈴木和花という人が来るので席に案内してください」とお願いしていた。

まだ小学生なのに、素の僕より社交的だと思った。

だから、席につくなり提案してみた。

「学校、そろそろ行ってみたら？」

「……行かない」

一転、文花ちゃんは浮かない顔で答えた。

「なんで、学校に行かなくなったの？」

「みんながいじめるから。文花、いじめられてた子をかばっただけなのに」

学校に行かなくなった理由を一度も詳しく聞いたことがなかったけど、そう聞いて腑《ふ》に落ちた。

文花ちゃんは親しい人とはよく話すし、鈴木和花に似て思ったことははっきりと言うところもある。鈴木和花ほどではないけど白黒をはっきりつけたい性格のようにも見えたから、そんな理由からもいじめられることになったのだろう。

ただ、コミュニケーション能力はあるから僕とは違う。ちょっとしたきっかけがあれば、すぐにもとの生活に戻れるかもしれない。

「ためしに、学校に行ってみんなに話しかけてみたら？」

「そんな勇気ない。また無視されたら嫌だし、学校を休んでたことも恥ずかしい」

ここは僕と似ている。恥ずかしがり屋なんだ。

それなら——。

「演技してみたら？」

「……演技？」

「なんとも思ってないふりをする。気にしてないふりをするんだ。そうすれば、少し恥ずかしくなくなるかも」

「本当に？」

「うん」

堂々としていればいい。小さくなっていたら余計に恥ずかしくなるから。

僕の経験からアドバイスできるのはこれくらいだ。

「ただし、演技の力を借りるのはここいちばんのときだけ。いつもはそのままの文花ちゃんでいてほしい。僕は今のままの君が好きだから」

文花ちゃんは頬を赤らめて目を伏せたあと、また僕を見た。

「……またいじめられたら？」

「そのときは、おれが次の手を考える」

これで解決できるかわからないけど、なにもしないよりはいい。後ろに僕がいると思えば、少しは挑戦する気になってくれるかもと思った。

「ほんとに考えてくれる？」

僕はうなずく。

「それじゃ、ゆびきりして」

「いいよ」

文花ちゃんとゆびきりをした。

そして指を離すと、文花ちゃんが僕の背後に向かって「お姉ちゃん！」と言った。

振り向くと、鈴木和花が、なぜだか驚いた顔で僕たちを見つめていた。

「お姉ちゃん！」ともう一度、文花ちゃんが呼ぶと、
鈴木和花は我に返って、「遅れてごめん」と席についた。

三人で店員さんにドリンクバーを頼むと、文花ちゃんが僕たちのドリンクを取りに行っ

てくれると言うので、種類も選んでもらうことにした。

文花ちゃんは「えー、迷うなー」と嬉しそうに言いながら取りに行った。

「あのとき、言ってよかった」

鈴木和花が文花ちゃんの背中を見ながら言った。

僕は、「なに？」という表情を向ける。

「君とはじめて会ったとき、『言ったら、なにか変わるかもしれない』って言ってくれたでしょ。本当に変わった。君のおかげで」

僕の胸に罪悪感が広がる。

ああ言ったのは家に窃盗を仕掛けるためだ。

「急用はもうよかったの？」

罪悪感から逃げるために、話を変えた。

「うん。実は、前に言ってた『もう一つの夢』が前進しそうなの。それも君のおかげ」

すごく嬉しそうな声。

「おれの……どういうこと？」

「内緒。まだどうなるかわからないし。いろいろ決まったら報告するね。君の夢はどうなったの？」

僕は言うことにした。

「いろいろ考えて、やっぱりサッカーは諦めた」

「そう……」

眉を下げ、優しい声を出す。

「ただ――新しい夢を見つけたんだ。放送作家になること」

鈴木和花が嬉しそうに顔を輝かせた。

「聞いたことある。詳しくは知らないけど」

「ラジオやテレビの企画を考えたり、台本を書く仕事」

「どうやったらなれるの？」

「いろいろあるみたいだけど、ハガキ職人からなる人もいるみたい」

彼女が首を傾けた。

「あっ、ラジオ番組にネタを投稿する人。おもしろくて何回も読まれたら、スタッフから声をかけられることもあるって」

あのラジオ番組に出演している放送作家がそう言っていた。

「もしかして、もう、そういうことしてるの？」

「まあ。三日前に三十枚、まとめて出した」

「そんなに？」

本当のことだった。

あの夜から書きはじめたハガキは、いつの間にか三十枚になっていた。

「もしかしたら読まれるかも。なんて番組？」

僕はラジオ番組の名前を教えた。

「自分で言うのもなんだけど、結構、自信作なんだ」

桜井玲央らしく前向きに言った。もちろん本当は読まれるなんて思ってないけど。

「若い人でも声をかけてもらえるの？」

「うん、高校生から仕事を手伝いはじめた人もいるみたい」

「そうなったら、もうこうやって会えなくなるね」

鈴木和花が冗談っぽく言う。

「気が早いよ。まだ読まれてもないのに」

「そんなことないよ。君ならどこにでも行ける気がする」

「……なんでそんなこと思うの？」

「なんでも。わたし、そういうのわかるの」

その言葉を聞いた僕は、いたたまれなくなった。

彼女は僕のことを、元気で明るいやつだと思っている。そして、文花ちゃんを助けようとしたヒーローだと。

本当の僕はそんなやつじゃない。暗くて口下手で猫背で、犯罪を手伝っている最低な人間だ。それに、今も鈴木和花を騙している。

「もしかしたら、来週、電話がかかってきたりして」

憂鬱《ゆううつ》な気持ちを打ち払うため、わざと調子に乗って言った。ハガキには電話番号も書いておいた。どうせ夢を追う疑似体験だから、それくらいしようと思った。

「もしそうなったら、文花、寂しがるだろうね」

彼女も冗談に乗ってくれる。

「どうだろう。意外とけろっとしてるかも」

「そんなことないよ」

二人で笑い合う。

「けど、それで離れることになったら、しかたないね……」

鈴木和花が窓の外を見ながら言った。

……そう。彼女の僕への思いはこの程度のものだ。

文花ちゃんを助けようとしてくれた人としか思われていない。この言葉がなによりの証拠だ。僕のことを好きだったら、ずっと一緒にいたいはず。離れてもしかたないなんて思わないだろう。鈴木和花にとってこの数週間は、いつかは忘れるだろう青春の一ページにすぎない。

彼女には夢がある。僕との出会いは通過点にしかすぎないのだ。

諦めのような気持ちが湧き、笑顔で口を開いた。

「だね。いつかは別れないと。おれたちには将来があるんだから」

僕には将来なんてない。だから、今は仕事のために彼女を騙すんだ。

そう改めて決意すると、鈴木和花がきょとんとした。

「別れる？ そういう意味で言ったんじゃないよ。離れても連絡はとれるでしょ？」

「……じゃ、どういう意味？」

「好きだから、しかたないの」

鈴木和花が普通の顔をして言う。

「……好き？」僕は確認する。

「うん」

「誰を？」

「君」

彼女が……僕のことを好き？

心拍数が一気に急上昇していく。

「そうだ。一緒に写メ、撮ってくれない？ 文花のヒーローと撮りたいの」

「い、いいよ」

いつもなら断っている。顔写真は犯罪の痕跡《こんせき》になりかねないからだ。焦りのあまり、つい了承してしまった。

鈴木和花が僕の隣に移動し、顔を近づけてくる。

ますます心臓がばくばくする。

わけがわからない。

彼女はケータイで、隣り合う僕たちを自撮りした。

「ありがと」

お礼を言われる。

まだ動悸《どうき》がおさまらない。

落ち着け――。

『好きだから、しかたない』という言葉の意味はよくわからない。

ただ、彼女が言った『好き』は、異性としてという意味じゃない。友達として好きという意味だ。

そうだ。そうに決まっている。

でも……。

もしも、異性としてという意味だったら?

僕は今、鈴木和花を騙している。

もしも彼女がそのことを知ったら、ひどく傷つけることになる。

……本当にこのままでいいのか？

今までは、女の子を騙すことを途中で止めたことはない。

けれど……。

僕はこの仕事をする必要がある。でも今はそれ以上に、なぜだか彼女を騙したくはない。

そう自覚したとき──自然と口を開いていた。

「あのさ……」

「なに？」

「……い、いや。文花ちゃん、なに持ってくるんだろうね」

自分のしようとしていたことに気づいて、慌てて話を変えた。

帰り道、頭を巡らせていた。

さっき、本当のことを言おうとしてしまった。

「僕は君を騙している」と──。

女の子に罪悪感を覚えたことはあるけど、こんなことは一度もなかった。

……一回、頭を整理しよう。

もしも僕が、鈴木和花を救おうとしたら？

このまま家の情報を次郎くんに伝えなくても、彼女の家が窃盗に遭《あ》わない保証はない。

それを止めるには？

……次郎くんのことを警察に言う？

今までの犯罪のことを。これから鈴木和花の家から金品を盗もうとしていることも。

……いや。

僕は次郎くんたちがしてきた犯罪の証拠を持っていない。

これだけ窃盗を繰り返してもまだ捕まっていないんだ。次郎くんはそうとう用心深く家に侵入しているだろうし、犯罪の痕跡も徹底的に排除しているだろう。

それに警察に言ったら、犯罪に加担していた僕と葉子も罰せられるかも。

それなら――警察に電話か手紙で伝えたあと、一人で家を出る？

ダメだ。葉子を家に置いてはいけない。

だったらいっそのこと――葉子を連れて逃げるか？

けれども、中学生の僕たちが、これからどうやって生活するんだ？

考えても考えても、答えが出なかった。

それでもまだ、残り期間は一週間ある。

答えを出すのを保留するのは悪い癖だけど、それまでに決めよう――。

自宅のある雑居ビルに着き、階段を上がって三階につくと、扉が開いた。強面《こわもて》で体格のいい二人の男が出てきて、家の中に向かって深々と頭を下げた。次郎くんの仕事仲間だ。以前も次郎くんと一緒になんどかここに来て仕事の相談をしていたことがある。彼らにすれ違いざまに会釈されたので、僕も軽く頭を下げた。

家に入ると、僕の顔を見た次郎くんが顔をくしゃっとさせ、笑顔を見せる。

「おう、達也」

「めずらしいね。ここで仕事の話なんて……」

「お前に話があってな」

僕の体に緊張が走る。

今回は家の情報を伝えるのが遅いから、その話かもしれない。

ちょうど風呂《ふろ》上《あ》がりの葉子がスウェット姿でバスルームから出てきて、

「おかえり」

と髪をタオルで拭《ふ》きながら言う。

「ただいま」

言うと、僕のケータイにメールが入った。

【今日もありがとう。文花、君と会ったから機嫌いいよ】

鈴木和花からだった。メールには今日二人で撮った写メも添付されていた。顔はわからないけど、なんだか嬉しくなって自然と頬がゆるむ。

「こっちに来て座れ」

次郎くんに言われる。

「あっ……うん」

ケータイをポケットにしまい、次郎くんの向かいに座った。

「達也、あの娘から金をだましとれ」

「……え?」

「五万でいい。すぐにやれ。娘に嫌われて家の情報が聞き出せなくなってもいい」

「ちょ……ちょっと待ってよ。僕の仕事は家の下調べだよね?」

「ここまで時間がかかってんのははじめてだよな。情が移ったか?」

「違うよ。彼女が僕になびかないから……」

「お前には、おれの仕事を本格的に手伝ってもらうつもりだ。余計な感情は今のうちに捨てとけ。そんなんじゃやっていけねえぞ」

「……い、嫌だ」

自然に口走っていた。

「……あ?」

次郎くんが微笑みながら、見つめてくる。

緊張で寒気がして、体が震えはじめた。

「や……約束と違うよ。家のことを調べる仕事だけで利益は出てるはずだ。それ以外の仕事は、僕も葉子もしない」

「達也……」

葉子が心配そうな顔をする。

「……ははっ、言うようになったな」

次郎くんの顔から笑みが消えた。

——はじまる。

次郎くんは立ち上がり、僕に近づいてきて、

「立て」

真顔で言った。

立ち上がると同時に、ドスン! という鈍《にぶ》い音が部屋に響き渡った。僕は床に崩れ落ちる。殴られたのはみぞおち。呼吸ができない。

「次郎くん!」

葉子が止めに入る。けど、次郎くんは何事もなかったように、

「葉子、台所から包丁持ってこい」

「えっ？」

「……聞こえなかったか？」

葉子の顔がみるみる青ざめていった。僕はなんとか声を出した。

「葉子、言うとおりに……」

葉子は台所まで行って包丁を取り出し、震える手で柄《え》の部分を差し出した。受け取った次郎くんはしゃがみ込み、包丁の柄を僕に握らせ、僕の手を両手で摑み、刃先を自分の首筋につけた。

「この家のルールを決めてるのはおれだ。断ったら葉子にもとの仕事をやらせる」

僕がこの家に引き取られるまで、葉子は次郎くんに別の仕事をさせられていた。そのことを知った僕は、「その仕事の何倍もの利益をあげる」と、裕福な娘から家の情報を聞き出すこの仕事を思いつき、次郎くんに提案した。その代わり、もう葉子にその仕事をさせないでほしいと交換条件を出し、次郎くんはその提案を受け入れた。

「嫌だよな？　ならお前にはなにができる？　警察に駆け込むか？　誰かに助けを求めるか？　それよりも簡単な方法がある。おれを殺せ」

次郎くんは僕の手を握り、力を込めて自分の首筋に包丁を食い込ませようとする。

僕はその力に抵抗し、必死に包丁を次郎くんの首から離そうとする。

次郎くんに殴られたのは今回がはじめてじゃない。

この仕事をはじめてしばらく経ったあと、罪悪感に耐え切れなくなって「ほかの仕事で稼ぐ」と言ったときも同じことをされた。僕がこの仕事を嫌がるたび、次郎くんはこうして僕を殴り、自分の首を切らせようとしてきた。

「殺せ！」

次郎くんが真顔で言う。

一瞬、頭をよぎった。

――このまま次郎くんを殺したら？

僕はすべてから解放される。もう、罪悪感に悩まされることもなくなる。少しは普通の生活ができるようになるかもしれない。

……でも、僕にはそんなことはとてもできない。そんな勇気、僕にはないのだ。

「やめて……やるから。もうやめてください」

僕は消え入るような情けない声を出してしまう。

次郎くんが手を離す。同時に、包丁が床に落ちた。

次郎くんは顔をくしゃっとさせて笑い、

「わかればいいんだよ」

と言って出て行った。

「達也、大丈夫？」

葉子が駆け寄ってきた。

もう鈴木和花を騙したくない。

だけど、僕は警察に駆け込むことも、誰かに助けを求めることも、次郎くんを殺すこともできない。

鈴木和花から、金をだまし取るしかなかった。


翌日の夕方。

僕は鈴木和花の自宅付近の喫茶店に入り、電話をかけて彼女を呼び出した。

急な呼び出しだったため断られるかもと思ったけど、鈴木和花は、「わたしも君に用があったの」と、すぐに来てくれた。

彼女が席に着くなり、僕は単刀直入に言った。

「ほしい服があるから——五万円、貸してほしいんだ」

上手い理由をつけて金をだまし取る気にはなれなかった。

一度は決意したのに、結局、こんな中途半端《ちゅうとはんぱ》なことしかできなかった。

だから当然、貸してくれないと思っていたのだけど——

「いいよ。欲しいものがあるってお母さんに言ってみる。普段こういうこと頼まないから貸してくれるかも。ちょっと待ってて」

忘れ物でも取りに行くかのように軽く言って立ち上がった。

なんで――。

「やっぱりいい！」

鈴木和花が澄んだ瞳で僕を見る。

「どうかしてた。忘れて……」

「……ほんとにいいの？」

もう気づいてほしかった。

僕はいいやつなんかじゃないと。騙そうとしているんだと。

耐えきれなくなった僕は――ついに言ってしまった。

「おれ……君を騙してるんだ」

鈴木和花が目を丸くする。

「君を騙すために近づいた。君の家から金を盗むために……おれは詐欺師《さぎし》なんだ」

しばらく僕の顔を見つめていた鈴木和花は、吹き出した。

「なに言ってるの？」

「本当なんだ！」

怒鳴《どな》るように言うと、チャリーンという音が鳴った。

隣の席に座っていたショートカットの女性が、床にスプーンを落としていた。驚かせてしまった。店員さんがやってきて、スプーンを拾う。

「君には、そんなことできないよ」

前を向くと、鈴木和花が僕を見つめていた。

女神《めがみ》みたいに見えた。

ほかの人と同じ顔なのに、なぜだかすごく可愛く見えたのだ。

こんなことははじめてだった。

そしてこのとき——やっと僕は、自分の気持ちに気づいた。

鈴木和花のことが好きなのだと。

……もう、彼女を騙せない。

さっきは突発的に言ってしまったけど、落ち着いてすべてを話そう。許してくれるかわからないけど、ぜんぶ話してみよう。なにか変わるかもしれない。

そう決心し、口を開こうとした瞬間——。

「ねえ、まだ時間ある？」

彼女が弾んだ声を出した。

僕たちは鈴木和花の家の近所を散歩することになった。

地元の街を案内したいと言われたのだ。

よく行っていた駄菓子屋、通っていた塾、今も常連だというお好み焼き屋を案内された。鈴木和花はそれぞれの場所で、楽しそうに自分の思い出を語っていた。

すっかり辺りが暗くなった頃、小さい頃によく遊んでいたという公園に着いた。

一本の大きな木がある公園だった。

鈴木和花は突然、ジャングルジムに登った。

そして頂上まで登って座り、

「星が綺麗。君もおいでよ」

僕を誘う。

躊躇《ちゅうちょ》した。ジャングルジムから落ちて人の顔がわからなくなってから、高いところが怖い。

「高いところ、苦手なんだ」

「わたしがいるから大丈夫」

楽しげにそう言い、僕に向かって手を伸ばしてくる。

行きたい。でも、足が前に出ない。恥ずかしくて情けなくなった僕はうつむいてしまう。

彼女が再び口を開く。

「君、自分が詐欺師だって言ったよね?」

僕は顔を上げる。

「……言った」

「わたしは君を信じた。でも君は、わたしを信じないの?」

……僕はなにをしているんだろう。

弱い自分に怒りが湧いた。

彼女が僕を信じてくれたのだから、僕も彼女を信じるべきだ。僕は、ジャングルジムを登りはじめた。そして、彼女の手を握って頂上にたどり着いた。

座ってみると思ったより怖くなかった。

男の僕が言うことでもないけど、落ちそうになっても彼女が助けてくれると思った。

あることを思い出した僕は、リュックからCDを出して彼女に差し出した。

「はい。今度はおれの番だったね」

僕の好きな曲を録音したCD。先日、ガストで渡すのを忘れていた。

「ありがとう。楽しみ」

こうして僕たちは、お互いのつくったプレイリストをなんども交換してきた。

二人で星空を見上げていると、はじめての感覚に包まれた。

自分の環境や体質のことも忘れて、僕を縛るすべてから解放された気分になったのだ。

ずっとこの時間が続けばいいと思った。

と、鈴木和花が僕の肩に頭を乗せてきた。驚いて顔を見ると、彼女も肩から頭を離して僕を見つめてくる。

——キスしよう。

そう思った。

一度もしたことがなかったけど、この状況はそういうことだと思った。

二人で見つめ合う——けど、僕はうつむいてしまった。

怖かったのだ。

——もし、嫌がられたら？

鈴木和花に異性として見られていると確信したのは、今日がはじめてだった。

もしかしたら、僕の勘違いかもしれない。

そうだ。「キスしていい？」って訊いてみる？

……いや、以前、彼女は「そんなの嫌だな」と言っていた。

でも、僕には黙ってする勇気なんてない。

どうすればいいんだ？

ごちゃごちゃと考えていると——彼女の高い声が聞こえた。

「キスしていい？」

顔を上げると、彼女が僕を見つめていた。

「……なんて、言わないでね」

「言……言わない」

キスをした。

唇《くちびる》を離したあと、いつもの癖でニカッと歯を見せると――彼女が吹き出した。

「……な、なに？」

僕は戸惑う。

「前から言おうと思ってたんだけど、その笑顔、やめたほうがいいと思う」

「……なんで？」

「大げさっていうか、無理につくってない？　ぎこちないよ」

そういえば、はじめて会った日も笑われた。

もしかしたら――。

「ずっとそう思ってたの？」

「出会ったときから。笑ったら悪いと思って我慢してたの」

その瞬間、はっきりとわかった。

鈴木和花ははじめから、僕の表面的な部分なんて見ていなかったのだ。

僕の中身を、僕自身を見てくれていた。

ほんの数分の出来事だったけど、公園にいたこの時間は、この先の人生で、僕をなんども励まし続けてくれる大切な思い出になる。

そう予感した。


家に帰る途中、僕は決意を固めた。

——鈴木和花を救おう。

今日は本当のことを言う勇気がなかったけれど、もう騙すことはできない。

こんな僕でも、なにかできることがある。彼女を救える方法がなにかあるはずだ。

そんなことを考えながら家に帰ると——誰かに顔を殴られた。

なんどもなんども殴られ、僕は床に倒れた。

わけがわからずにいると、髪を摑まれ引き起こされ、ため息をつかれた。

「今まで育ててやったのに……がっかりさせやがって」

その声を聞いて、次郎くんだとわかった。

「もういいでしょ！　あの子は達也の言ったこと信じてないよ！」

止めようとする葉子を突き飛ばし、次郎くんはまた僕を殴りはじめた。

殴られながら、僕は考えていた。二人の口ぶり……次郎くんと葉子は、喫茶店の出来事を見ていたのか？

僕が鈴木和花に、本当のことを言おうとしたことを。

けど、二人ともあの店にはいなかった。

しばらく殴られ続けたあと、次郎くんの暴力が止まった。

「……なんで」

床に寝ながらうめくように訊くと、次郎くんはショートカットのかつらを見せてきた。

「葉子について行かせた。隣の席にいたの、気づかなかったろ？」

「ごめん、達也……」

葉子が泣きながら言う。

喫茶店にいたとき——隣の席でスプーンを落とした女性は葉子だったのか。顔がわからないから気づかなかったんだ。

次郎くんは床にハガキをばらまいた。

僕がまたあのラジオ番組に出そうとしていた、ネタの書かれた十枚の投稿ハガキ。

しかも今回は、「将来は放送作家になりたい」という趣旨のメッセージも加えていた。

「ここんとこ様子がおかしかったから、葉子にお前の動向を報告させてた。最近は熱心にハガキ書いてんだってな。あの娘の影響か？」

僕は目をそらす。

「放送作家だ？　本気でこんなもんになれると思ってんのか？　お前はあの娘とは違う」

「わかってねえ！　お前みたいなやつになにができる？　好きな女一人守れないお前になにができる？　これはお前のために言ってんだ。お前が心配なんだよ」

「……わかってるよ」

そのとき、次郎くんの目尻《めじり》から涙が流れた。

次郎くんは、泣きながら続けた。

「なんでわかってくんねえんだよ……おれはお前を愛している。それは葉子も同じだ。二人とも本当の子供のように思ってる。だからこそ強く育てたいんだ。そのためには、おれのそばで仕事をするのがいちばんなんだよ！」

次郎くんは涙をぬぐい、

「心配すんな、最後まで面倒は見てやる。しばらくなにもすんな」

そう言って出て行った。

腫《は》れた顔に氷を当て、自分の部屋のベッドに寝そべり、いつものラジオ番組を聴きながら思いをめぐらせた。

僕を愛していると次郎くんは言った。次郎くんは僕のためを思って言ってくれたんだ。叶えられない夢を追って傷つかないように。僕を愛しているから最後まで面倒を見てくれようとしているんだ。

……次郎くんの言う通りだ。

親もいない、学歴もない、特別な才能もない。素の自分では他人とろくにコミュニケーションもとれない。その上、こんな体質を持った僕には夢を見る資格なんてない。

そんなことをしても失敗するだけだ。

次郎くんは、僕が傷つかないようにしてくれている。守ろうとしてくれているんだ。

……バカなことをしようとしていた。

こんな僕が、鈴木和花のことを助けられるはずがないのに。現実の自分を忘れていた。

桜井玲央のつもりになっていたのかもしれない。

また、わからなくなってしまった。

どうやって生きていったらいいのか。

と、そのとき――。

「続いては、静岡県浜松市の桜井玲央くん。十五歳の中学生やって――」

ラジオから、そう聞こえた。

僕は起き上がる。

一瞬、聞き間違えたかと思った。

けれど、ラジオから流れてくるネタの内容を聞くと、たしかに僕のハガキだった。三日前に出した、三十枚のハガキの中の一枚。

僕の出したネタが、ラジオで読まれた？

「玲央くん、今週だけで三十枚も出してくれたんやて。まだ中学生なのにネタもなかなかエッジが効いとるし」

「ねえ、将来有望ですよ――」

褒められた。

……『認めてもらえた』という感覚だった。

僕の存在を、ここにいることを、生きていることを、認められた気がした。

このときに、気づいた。この感覚は、最近ずっと感じていた。

鈴木和花。

彼女と会っているときは、ずっと同じような感覚だった。鈴木和花は、ずっと僕のことを認めてくれていた。

現実味がなく、僕はしばらく放心状態になった。

そして――ケータイから短い着信音が聞こえた。

鈴木和花からのメールだった。

【おめでとう！　わたしの言った通りだったでしょ。君ならどこにでも行けるよ】

どこにでも行ける――。

僕が？

こんな僕が、どこかに行ける可能性が、本当にあるのだろうか。

ここから抜け出してもいいのだろうか。

わからない。

――と、なぜか思い出した。

鈴木和花が前にガストで言っていた言葉を。

仮に僕が彼女から離れることになっても、「しかたない」と言っていた。「好きだから、しかたない」と。

次郎くんは「愛してるから、最後まで面倒を見る」と言っていた。

二人は真逆のことを言っている。

……なぜ鈴木和花は、あんなことを言ったのだろう。

その意味を知れば、答えが出るような気がした。

僕は彼女にメールする。

【ガストで、「離れることになったら、しかたない」って言ったよね。「好きだから、しかたない」って。好きなら、そばにいたいんじゃないの?】

すぐに返信がきた。

【逆だよ。好きだから自由に生きてほしいの。縛りつけたくないの】

涙が出た。

なんでかわからないけど、どんどん出てきた。

自分が泣きたがっていることに気づき、僕は声をあげて泣いた。

僕の思っていた愛情とは、混沌《こんとん》としていて、あいまいで、嵐のようで、痛みや支配といつも隣り合わせで、自分を押し殺さなければ得られないものだった。

違う。そうじゃない。

僕は今まで、愛を勘違いしていたとわかった。

本物の愛を、はじめて見た気がした。

しばらく泣き続けたあと——なぜか「今しかない」と思った。

涙を拭《ぬぐ》った僕はリビングに向かった。

今まで葉子にこんなことを言ったことはなかった。葉子はこの生活を続けようと思っているかも。だから断られるかもしれない。

それでも、僕は言った。

「葉子、この家、出るぞ」

葉子は一瞬、目を丸くしたけど、すぐに「わかった」と答えた。

二人で話をして、明日の朝、浜松駅から新幹線に乗ることに決めた。


僕は鈴木和花に電話することにした。

ここから逃げるためには、ケータイも捨てなければいけない。持っているだけで次郎くんに場所を特定される恐れがあるからだ。今後、彼女と連絡をとるつもりもない。最後に声を聞きたかった。

電話をかけると、すぐに出た。

「もしもし」

「和花ちゃん?」

「……文花！　騙された?」

「騙された……お姉ちゃん、隣にいる？」

「うん。ちょっと待ってね」

「……もしもし。かかってくるかもって思ってたの。おめでとう」

鈴木和花に代わった。

よく聞くと、文花ちゃんと少し違う。鈴木和花のほうが大人っぽい。

いつもと同じ声。聞いているだけで眠くなるような、高くて優しい声。

明日からはもう、この声も聞けなくなる。

「ありがとう。でも、そのことじゃなくて……別の話があって」

「……うん。どうしたの？」

僕の暗い声を聞いて、なにかを察したようだった。

「急に……引っ越すことになったんだ」

「……いつ？」

「……明日」

「えっ？」

しばらく無言になった彼女は、小さな声で言った。

「どこに引っ越すの？」

「仙台。親の仕事の都合で、実は、前から決まってたんだけど言えなくて……」

行く先はまだ決めていない。とりあえず遠くで住める場所を見つけ、年齢をごまかして働くつもりだ。

「急すぎるよ」

悲しげな声を聞いて、息がつまる。

「ごめん」

「さみしいけど……もう会えないわけじゃないもんね」

少し、元気な声になった。

「うん」

「あのね……こんなときになんだけど……違うや、こんなときだから訊きたいんだけど」

「なに？」

「わたしたちって……付き合ってるって考えてもいいのかな？」

ちょっと恥ずかしそうに訊かれる。

胸が張り裂けそうになった。

僕は着ていたスウェットの胸の部分をぎゅうっと摑みながら、なんとか楽しげな声をしぼり出す。

「……もちろん」

「よかった。断られたらどうしようかと思った」

「そんなわけないよ」

「わたし、男の子と付き合ったことなかったから、よくわからなくて」

「……おれも」

「はっきりさせたかったんだ」

僕は泣きそうになって口を押さえる。

「……おれも」

「キスしたのもはじめてだったんだよ」

「……おれも」

彼女の小さく笑った吐息が、電話から聞こえてきた。

「おれも、ばっかり」

泣いていることを必死に隠しながら、「ごめん」と笑う。

「これから、たくさんデートしようね」

「……うん」

「連絡もいっぱいとろうね」

「……うん」

「浮気したら嫌だよ」

「……うん」

今まで何人もの女の子たちと出会っては別れてきたのに。

人と別れることがこんなにつらいなんて、はじめて知った。

「明日、見送りに行っていい？」

「でも、朝早いから……」

「行きたいの」

ちょっと怒ったように言われた。

彼女が僕に見せた、はじめての顔。以前よりも僕に心を開いてくれている。これから一緒にいたら、もっともっと、いろんな顔を見られただろう。

その願いは叶わない。

「……浜松駅から新幹線に乗る予定。朝、八時十一分の電車」

「わかった。それより前に改札口に行くね」

「うん。それじゃ」

「バイバイ」

僕は電話を切った。

翌日の朝。

僕と葉子は浜松駅の新幹線の改札近くで、鈴木和花を待っていた。

連休前ということもあり、駅の構内は混雑していた。

次郎くんに見つからないよう、僕たちはキャップをかぶり、メガネをかけ、大人っぽい服を着て変装していた。すべて昨日の夜にドン・キホーテで買ったものだ。靴以外は新しく買ったもので身をかため、僕も葉子も長髪をキャップの中に入れていた。

ケータイも捨てたから、もう鈴木和花と連絡をとれない。僕は彼女の顔がわからないし、これだけの人がいたら特徴だけでは見つけにくいため、彼女が来たら教えてほしいと葉子に頼んでいた。

ただ、今日は浜松に数年ぶりの大雪が降って、交通規制がかかっている。鈴木和花の家から浜松駅まで来るためには車に乗る必要があるので、間に合わないかもしれない。

昨日のうちに二通の手紙を書いた。

一通目は、警察への手紙。次郎くんが鈴木和花の家へ窃盗を仕掛けようとしていること、知っている限りの次郎くんたちのしてきた犯罪を書いた。これで次郎くんたちが捕まるかはわからないけど、少なくとも警察に事情は訊かれるだろう。今後、鈴木和花の家が窃盗に遭うことはない。

二通目は、鈴木和花への手紙。

僕が窃盗を手伝っていたこと、騙していたことを謝罪する内容を書いた。顔を合わせて謝る勇気はなかった。

ここにくる途中、二通とも郵便ポストに入れてきた。

駅の構内にある時計を見上げる。八時ちょうど。発車時刻まであと十分ほど。

そろそろ、ホームに向かわないといけない。と、葉子が腕を組んできた。

「どうした？」

「これからのこと考えたら怖くなって」

両手で僕の腕を摑んでいる。

大人っぽく振る舞っているけど、葉子はまだ十四歳だ。

僕はこれで完全にドロップアウト組だけど、葉子には未来を諦めてほしくない。

葉子の将来のためにも、これから頑張って働かないと。

葉子をちゃんと育てるためにはこんな弱い自分のままじゃダメだ。変わらないといけない。もっと強くならないといけない。

僕の脳裏に鈴木和花との一ヵ月が蘇《よみがえ》りはじめた。

彼女はほかの女の子たちとは違っていた。

意志が強く、ひたすら前向きで、僕に勇気をくれた。彼女と出会わなかったら、僕は今ここにもいなかった。彼女は、僕の人生を変えてくれた。

そう——まるで運命のようだった。

バカな考えが浮かんだ。

――まだ間に合うかもしれない。

もしも彼女が来たら、一歩、踏み出してみよう。

彼女に直接、謝ろう。そしてすべてを話そう。

もしかしたら、許してもらえるかもしれない。これからも、連絡をとれるかもしれない。ケータイは捨ててしまったけど、もしも来てくれたら、電話番号を教えてもらえる。

わずかな希望を胸に、僕は鈴木和花を待つことにした。

発車時刻まであと八分。

僕は周囲を見渡す。人が多くて彼女を見つけられない。

七分前。

一度、移動して構内を探してみることにした。彼女はいない。

六分前。

新幹線ではなく在来線の改札口まで行ってみる。やはりいなかった。

そして、発車時刻の五分前になった。

新幹線の改札口に戻った僕はまだ行くことを躊躇したけど、

「達也、もう行こう」

葉子に促《うなが》される。新幹線の時間を遅らせたら、次郎くんに見つかる危険も増える。

僕たちは、改札をくぐった。

新幹線が発車したあと、車窓から景色を見ながら思いをめぐらせた。

大雪で遅れたのかもしれないし、彼女はこれからも僕と会えると思っていただろうから、急に寂しくなって来なかったのかもしれない。

けれど、ちょっとほっとしていた。もしも謝っても嫌われていただろうし、許してくれたとしても、僕たちはあまりにも釣り合いが取れていなかった。

僕はあの言葉を思い出した。


「『隠された真実』に気づかないと、結ばれない」


あの占い師に言われた言葉。

鈴木和花が、僕の運命の女性だったとしたら？

彼女には、なんらかの『隠された真実』があったのだろうか？

僕が見落としている真実に気づけたら、なにかが変わったのだろうか？

鈴木和花については、まだまだ知らないことがあった。

彼女にもっと踏み込むことができていたら、向き合っていたら、変わっただろうか。

僕にもっと勇気があったら、運命は変わったのだろうか。

……いや。どうせ無理だった。

彼女が好きになったのは明るく元気な桜井玲央だ。このまま会い続けていても、いつかほころびが出て最後には嫌われていた。

本当の僕なんて、誰にも受け入れてもらえない。

母も僕を捨てた。

本当の僕に価値はない。

これで、よかったのだ。

夏目達也　二十五歳　再会①

「わたしの第一印象はどうだった？」

「……あんまり覚えてないかも」

「わたしに興味なかったってこと？」

「違うよ。あのときは僕も必死で余裕がなかったから。ただ、そのあとの君の印象は今でも強く残ってる」

「どんな子に見えてた？」

「強い子」

「……あんまり嬉しくない」

「どうして？」

「当たり前でしょ、女の子なんだから。どうせなら、『可愛い』とか『守ってあげたい』とか言われたいよ」

「あっ、そうか。ごめん」

「……許す。だって、いい意味なんでしょ？」

「もちろん。僕は、君のそんなところに惹かれたんだから」

第二話　運命の出会い　二回目　夏目達也　二十歳

十二月。

道玄坂《どうげんざか》のカフェにいたおれは、目の前に座っている女に問い詰められていた。

「ほかにも女がいるんでしょ？　腕組んで歩いてるとこ見たんだから！」

おれはため息をつき、悪びれずに言った。

「いるよ」

「彼女いないって言ってたじゃない……わたしがあげたお金返してよ、この嘘つき！」

「頼んでもないのによこしたのはそっちだろ。それにお前、本当はＯＬじゃなくてキャバ嬢なんだってな」

「なんでそのこと……」

「嘘つきはお互い様だろ」

無表情で立ち上がったおれは、女を置いて一人店を出た。

あれから五年――おれは立派な詐欺師になっていた。

「次の標的は決まった？」

奥渋谷《おくしぶや》にある１ＤＫのぼろアパートのダイニングで、おれは葉子に訊いた。

「うん。山名晶《やまなあきら》さんって人。大学の友達のバイト仲間で、達也より一歳年上の大学生」

葉子が浮かない声色で答える。

「バイトしてるのに、男に貢がせてんの？」

「ゲーム感覚じゃないかな。そういう子もけっこう多いから」

「……そう」

おれは相変わらず女を騙していた。

ただ、昔と変わった点がいくつかある。

大人になった葉子が、この仕事に多少の罪悪感を感じているように見えること。騙す女を「悪い女」だけに絞っていること。演じるキャラを変えたこと。もうターゲットの資料がないことだ。


五年前、浜松を出たおれたちは東京に来た。

東京になら稼げる仕事もたくさんあるし、人も多いため叔父から身を隠しやすいと思ったからだ。

おれはすぐに肉体労働をはじめた。

その後、高校に進学した葉子もバイトをはじめてくれたおかげで、なんとか二人で生活を続けられた。

しかし、やがて葉子が、大学進学の時期にさしかかった。

学費を気にした葉子は進学を嫌がったけど、おれの気が済まなかった。

進学費用を稼ぐために、おれは昼間の肉体労働に加えて、夜もバーで働きはじめた。

けど、やがて体を壊してしまった。

すると葉子は、おれに「悪女だけを騙す」ことを提案してきた。

葉子によると、若い女の中には、男に気のある素ぶりを見せ、ブランド品を貢がせては売っているやつが大勢いるそうだ。「あの子たちには十万単位のお金はたいした稼ぎじゃない」という。

標的は、葉子の女友達や社会人の男友達などに聞き込めばすぐに見つけられるという。

おれは迷ったが、どんなに考えても、短期間で金を稼ぐ方法はこれしか見つからなかったため、しかたなく決断した。

浜松にいた頃と違って、葉子には女のことをそこまで詳しく調べさせないことにした。なるべくこんなことには時間を使わず、勉強に集中してほしかったから。

ターゲットは男に貢がせている女だけだったけど、それでも罪悪感はあったから、おれはやはり「成瀬丈二《なるせじょうじ》」という偽名を使って自分とはかけ離れた人格を演じた。

今度のキャラは、「クールで男っぽいやつ」。

演じる人物のモデルは、ジョージ・ユングにした。

二〇〇一年のアメリカ映画『ブロウ』。若くして伝説的な麻薬王にのし上がった男を描いた物語。ジョニー・デップが演じたその主人公のジョージ・ユングは、寡黙でクールに仕事をまっとうしていく。

葉子によると、最近のおれの顔は「昔よりもっとキリッとしてジョニー・デップに似てる」という。その些細《ささい》な言葉をきっかけにモデルを決めた。身長も五年前から二十センチ近く伸びたし、もともと口下手だから元気キャラより楽に演じられると思った。

今回は顔がわからない体質になる前に観た映画じゃなかったからストーリーを追うことに苦労したけど、映画を観ながら徹底的にジョージをコピーした。偽名も主人公の名前をとって「丈二」にした。

一人称は「おれ」。女へもぶっきらぼうに「お前」と呼びかける。

地声は低いほうだけど、演じている間はさらに低く話すようにした。

男らしさを演出するため、髪も短髪にして、笑顔もほとんど見せない。

こうしておれは貧乏なフリーターとして、女から金を騙し取るようになった。

普段は無愛想《ぶあいそう》にして、ある時期に差し掛かるとわざと弱みを見せた。

——生活費が足りない。

――アパートの取り壊しが決まったけど引っ越し費用を払えない。

――妹が交通事故に遭ったけど入院費用を払えない。

そんな弱音を吐くと、女たちは自分から金を渡してきた。

最初は昔のように、仕事が最後まで終わると嘔吐《おうと》していたのだが、やがてそれもなくなった。

おれが素の自分に戻らなくなったからだ。

このままじゃ自分が壊れてしまうと思った。

演じている間だけは罪悪感が鈍くなる。喜びも悲しみも怒りも鈍くなるが、なにも感じないほうが楽だった。

普段から別人を演じるなんて普通じゃない。普通に生きていない自分が嫌だったが、こんな性格で、こんな境遇で、他人の顔もわからないおれは、どうせ普通には生きられない。それなら、少しでもマシな生きかたを選択したかった。

ずっと演じているせいか、最近は葉子にも「猫背じゃなくなった」と言われている。

今はもう、本当の自分をよく覚えていない。

もうずっと、現実を生きていない感覚がしている。

おれにとって、他人は「へのへのもへじ」であり、人形であり、ターゲットでしかなくなった。

最近、またよく思うようになった。

おれみたいな人間は、どう生きていけばいいのだろうと。


翌日の夜。

葉子と一緒にターゲットの山名晶がバイトしているという円山町《まるやまちょう》のバーに向かった。

外には雪が降っていたので傘をさして行った。

バーの扉の前の傘立てに傘を入れてから中に入ると、店内には暗闇《くらやみ》が広がっていた。

「暗闇バーなの?」

葉子に訊く。

「うん、はじめて来た。なんかワクワクするね」

通称「暗闇バー」。店内の照明が極限まで落とされたバーのことだ。この店にははじめて来たけど、ほかの暗闇バーなら標的の女に誘われて行ったことがあった。

店内は八席のカウンターに四人がけのテーブル席が二つ。

店員は男性バーテンダーが一人と女性店員が一人。客はおれたちのほかに一人。店内にはBGMが微《かす》かに流れていた。

おれたちはカウンター席に座った。

周りは暗いため客の顔は見えない。とはいえ、カウンターの棚に小さなキャンドルライトがいくつか置かれていたので、店員の顔や動きはかろうじて見えた。テーブル席の近くにも背の低いフロアライトが置かれている。店員が転ばないようにするためだろう。

葉子の大学の友人は先週でバイトを辞めたという。小さな店なので、現在働いている女性店員は山名晶だけだそうだ。

山名晶は、カウンター席に座っていた客を接客していた。

二人の話し声が聞こえる。その声から客は女だとわかった。会話の内容はわからないけど、タメ口で親しげに話している。どうやら山名晶の友人のようだ。

おれは山名晶を観察しながら特徴を探った。今日は標的の特徴を覚えて、後日また来店してナンパする予定だった。

山名晶の身長は百六十センチ前後、ショートカットにハスキーな声。暗闇に目が慣れてから、友人の女もショートカットだったと判明。シルエットだけ見える。

途中で四人客が入店し、山名晶がテーブル席に飲み物を持って行ったのだが、トレイを持つ手がおぼつかない。おれはバーテンのバイトを二年してきたから、山名晶が飲食店で働きはじめてまだ間もないとすぐわかった。

そのあと、ちょっとしたハプニングが起こった。

おれがトイレに入って出ると、

「離せよ！」

店内に山名晶のハスキーな声が響き渡った。

カウンターで二人の客がもみ合っていて、それを山名晶が止めようとしている。

もみ合いをしている一人は、おれがトイレに入っている間に入店していた男。

顔は見えないけど、メガネをかけているのはわかった。長髪を後ろで一つに束《たば》ねていたけど、かなり背も高かったし、服装のシルエットからすぐに男だと認識できた。

男に摑まれていたのは、ショートカットの女。どうやら、山名晶の友人の女だった。

男の様子は普通じゃなかった。激しく興奮した様子でなにかを言いながら、女の手を引っ張って店外に連れて行こうとしている。

山名晶は長髪男を必死に止めようとしていたけど、カウンターの中にいたバーテンダーは萎縮《いしゅく》しているようで、ただ見ているだけ。

友人の女が危険だと思ったおれは、反射的に男の髪の毛を摑み、後ろに引っ張った。

男が尻餅《しりもち》をつく。

おれは山名晶と友人の女の前に立ち、無言で長髪男を見下ろす。

止められて我に返ったのか、男は店外に逃げて行った。

山名晶が小さなキャンドルライトを持って来て、友人の女の顔を照らし、

「大丈夫か？」と問いかける。

「うん」と答えた友人の女は、

「あの、ありがとうございました」

おれにお礼を言ってきた。

と——その声を聞いて、五年前の記憶が蘇った。

なぜか、鈴木和花を思い出した。目の前にいる女は別人なのに。

キャンドルライトで照らされていたから、友人の女の顔がはっきり見えた。

山名晶も友人もショートカットだけど、山名晶には前髪があるが、友人の女は真ん中で分けていた。

思わず、友人の女の額を確認してしまう。

ほくろがない。鈴木和花は額に小さなほくろがあったはずだ。

——どうかしてる。五年も経ってるのにまだ引きずってるのか。

「元彼かなんか?」

低い声で友人の女に訊くと、山名晶が答えた。

「わたしにつきまとってる男なんだ。暗かったから、この子と間違えたんだと思う」

山名晶と友人の女は、髪型も体型もよく似ていた。

男はかなり興奮している様子だった。

山名晶をいきなり店の外に連れ出そうとしたけど、暗いから友人の女と間違えたのか。

声を聞いたら止めていた女のほうが山名晶だと気づきそうなものだけど……いや、普通の人間は顔以外の特徴を普段からそこまで意識していないか。

「ヤバくないか？　あの男、普通じゃなかったぞ」

おれは山名晶に言う。

山名晶は悪女なのだから、男とのトラブルを抱えていてもおかしくない。おれには関係のない話だけど、さっきの男はさすがに危険そうだった。

後頭部をボリボリとかいた山名晶はバーテンダーに向かって、

「すいません、わたし、この子を送るんで今日は帰ります」

と言ったあと、

「あんた、ありがとな。今度飲みにきてくれよ。一杯奢《おご》るから」

おれに言って、友人の女と店を出て行った。


翌日の朝。

おれは古民家の解体作業をしていた。

古い家や店舗を解体するバイト。体はキツイけど、労働時間は朝八時から夕方五時までで昼の休憩が一時間。短時間でそれなりにいい金がもらえる。

ここしばらく、昼はこの仕事をして、夜は女を騙す仕事をしている。

相変わらず一日中《いちにちじゅう》働いてはいるけど、女を騙す仕事のほうがバーテンよりはるかに体が楽だから、もう倒れるようなことはなくなった。

昼の休憩中、古民家の庭に座ってコンビニで買ったサンドイッチを食べようとすると、

「夏目くん――」

男に声をかけられた。

聞きなれない声。たぶん、先週から入った新人だ。おれより少し年上だったはず。

「この前、渋谷のカフェで女と揉《も》めてたよね？　おれもあの店にいたんだよ。無口だと思ってたけど、意外とやるんだね」

新人が楽しげに言う。

「……別に」

おれは無表情でそう答え、サンドイッチを食べはじめた。

「おい、やめとけ、やめとけ」

先輩社員が新人に声をかけ、続けた。

「そいつは一人が好きなんだよ。ほっといてやれ」

「……そうなんすか？」

「ああ。昼飯、食いに行くぞ」

「はい」

先輩と新人は、ほかの同僚たちと一緒に昼飯を食べに行った。

おれは職場の人間とは距離を置いている。

東京に来て仕事をはじめた頃は、同僚とも仲良くしようと思ったのだけど、結局、無理だった。

顔がわからないからコミュニケーションがとれないのだ。

人を顔以外の特徴で区別するのは得意だけど、仕事の現場ではどうしようもない。

肉体労働の職場では、みんな同じ作業服を着ている。今の解体作業の仕事もそう。みんな同じ制服を着て、頭にヘルメットをつけている。そんな環境だと、簡単に人を見分けられない。

たとえば仕事中に、田中《たなか》という先輩から「加藤《かとう》を呼んできてくれ」と頼まれる。

おれは加藤の顔がわからないから、なんとか特徴から探そうとする。しかし確信が持てずに迷い続け、やがて田中に、「なんで呼ばないんだ!」と怒られる。

そんなことがなんどか続くうち、人間関係をつくることを諦めた。

おれが普段からも無愛想な人間を演じるようになったのは、こんな理由もある。

無口で一人が好きな人間だと最初から思われていたほうが、気が楽だ。

誰も寄ってこないし、この体質が誰にもばれずにすむ。

このまま仕事を続けていても、誰とも仲良くなれないだろう。他人とコミュニケーションもとらないのだから、ずっと正社員にもなれない。

バーテンダーの仕事をしているときも同じだった。常連客の顔を覚えられないから、やる気のないバーテンだと思われた。

ほかの仕事をしても、たぶん同じだ。仕事に希望を持つことはできない。

これからも、おれは誰にも理解されないし、他人とわかり合うこともできないだろう。けれど、それでいい。

幸い、この現場では必要以上のコミュニケーションを求められない。

顔がわからなくてたまに失敗しても、仕事を真面目にしていればクビにはならない。

おれには葉子がいる。親代わりになって葉子のために働くことが生き甲斐《がい》だ。

昼の仕事を終えたおれは、その夜、閉店時間の三十分前、十一時に山名晶の働くバーに行った。この時間に行けば「駅まで送る」という口実ができて、距離を縮められると思ったからだ。

店内に入り、山名晶に声をかけると、「ああ、あんたか。約束通り一杯奢るよ」とカウンターに案内された。

おれがカクテルを頼むと、山名晶はおそらく材料が書いてあるノートを読みながら、おぼつかない手つきで酒を作りはじめた。

酒を作る所作は不細工。

できたカクテルを一口飲んだけど——まずい。

山名晶がおれの顔を覗《のぞ》き込《こ》み、「どう?」と訊くので、「……美味《うま》い」と嘘をついた。

「やっぱり難しいな」

山名晶は深刻そうな声を出し、後頭部をボリボリとかいた。

バーテンダー未経験者なのは一目瞭然《いちもくりょうぜん》だったけど、カクテルを覚えたいようだ。

「カクテル、覚えたいのか?」おれは訊く。

「ああ。でも困ってるんだよ。マスターが入院さえしなきゃなあ……」

「入院?」

「ここのマスターと知り合いでさ、二週間前からバイトをはじめたんだ。作りかたを教えてくれるはずだったんだけど、肝臓を壊して入院して。閉店後に店を使っていいって言うから一人で練習してんだけど、なかなか上達しないんだよ」

女がバーテンダーになりたいなんてめずらしい。しかも、大学生なのに。

「なんでバーテンになりたいんだ?」

「それは……」

山名晶は後頭部をボリボリとかいた。

「嫌なら言わなくてもいいけど」

「……いや、『カクテル』っていう映画を観て、憧れたんだよ」

一九八〇年代のアメリカ映画『カクテル』。成功を夢見る若者がバーテンダーとなり、真実の愛に目覚める姿を描いた青春物語。好きな映画だったから顔がわからない体質になる前によく観ていた。

山名晶の気持ちはわからなくもなかった。

主人公役のトム・クルーズが派手なカクテルパフォーマンスをするシーンがなんども出てくるのだが、それがけっこう格好いい。

おれがバーテンダーをはじめたのは、昼の仕事だけでは葉子の学費をまかなえないからだけど、あの主人公のように、格好よくカクテルをつくりたいという気持ちも少なからずあった。

「あそこまでなるには、かなり時間かかるぞ」

「……あんた、できんの？」

「いちおう。二年やってきたから」

「そうなんだ。あれほど上手くなりたいとは思ってないんだよ。一杯のカクテルをシェイカー振って自然につくれたらって……」

「……おれが教えようか？」

提案した。

カクテルを教えれば距離を縮められる。それに、山名晶の気持ちも少なからずわかったからだ。

「……いいの？」

「いいよ」

すると山名晶は、おれの手を両手でがっしりと握った。

「ありがとう！　ほんとに助かる！」

あまりに大げさに喜んだので、おれは久しぶりに歯を見せて笑ってしまった。


その日の閉店後、早速、山名晶の練習に付き合ったあと、二人でバーを出ると、店の外で怪しい雰囲気の男を見つけた。

メガネをかけたポニーテールの男がじっとこちらを見ていた。

服装は、黒いハイネックの上にダッフルコート、下はジーンズ。

おれに見られていることに気づいた男は、急いで逃げて行った。

「あいつだ……」

隣にいた晶が言った。

「昨日の男？」

「ああ。ここんとこ、ずっとつきまとわれてるんだ」

おれはなにも訊かず、山名晶を渋谷駅まで送ることにした。

家に帰ったら、葉子に意外なことを言われた。

「達也、あの晶ちゃんって子、騙すのやめない？」

「……なんで？」

「やっぱり達也にこんなことさせたくないなって……達也ちょっとつらそうだし、ヤバい男ともなんども揉めてるでしょ？　学費のことなら、わたしホステスのバイトするから」

「……しなくていい」

「誰かに貢がせたりなんてしないから」

「ダメだ」

「わたしのためにこんなことしてるんでしょ？　わたしもなんかしたいの」

「おれのことは気にするな。したくてしてるだけだ」

葉子は口を閉じた。

大学に進学する前にも「ホステスのバイトをしたい」と言われたことはあったけど、この仕事を辞めてほしいなんて言われたのははじめてだった。

この五年で葉子はかなり大人になったのだろう。

それから毎日のように、おれは閉店後にバーを訪れ、山名晶にカクテルの作りかたを教えた。練習中は照明を明るくした。

しかし、晶の技術はなかなか上達しなかった。

当然だ。

おれがカクテルをつくりはじめた頃、先輩店員に上手いほうだと言われていたけど、それでもシェイカーを一日に三百回振って練習し、半年以上かかってそれなりの所作で一杯のカクテルを作れるようになった。

黙っているのは酷なので、そのことを晶に伝えると驚いていたけど、それでも必死に覚えようとしていた。

練習に付き合ううち、おれたちの仲も深まっていった。

が、その仲の深まりかたは、いつもとはかなり違った。

山名晶の性格をひと言で表すと、「ボーイッシュな女」。

いつもなら自然と女からおれを男として意識しはじめる素ぶりが見えるのだが、晶にはそんな気配が一切なかった。

それどころか、「お前はいつも格好つけててキモいよ」とか、「ブスッとしてないでもっと笑えよ」などと気を遣わず思ったことを言ってくるので、おれも晶に気を遣わないようになり、いつの間にか友人のような関係になっていったのだ。

男の影も一切ないし、あまりにサバサバしているので、あるとき「お前、本当に女か？」と訊くと、晶はおれの手を握って自分の胸に触れさせ、焦ったおれを見てゲラゲラと笑っていたこともあった。

そんな晶と一緒にいるうち、おれも笑うことが増えていった。

だが、おれにとって晶はターゲットにすぎない。

当然ながら本当の友達とは思っていなかったし、心を開いているつもりもなかった。

あくまで仲のいいふりをしているつもりだった。

けれど、ある日おれに変化が起きた。

その夜、おれはいつものように閉店後にバーに行った。

扉には「Ｃｌｏｓｅｄ」の札。

しかし、入店すると二人組の男性客が店に残っていた。

店内は照明がつけられていて明るかった。一人の客はスーツ姿、もう一人はストリート系の服装。店員は晶しかいない。

カウンターの右端《みぎはし》に座っていたその男たちは、楽しげに晶に話しかけていた。

「このあとどっか行こうぜって。カラオケは？」

スーツ姿の男がやたらとでかい声で言う。かなりできあがっている様子。

晶はやや迷惑そうにその誘いを断る。

おれは無言でいちばん左のカウンター席に座る。

すぐに晶がやってきて小声で話す。

「悪い。なかなか帰ってくれないんだよ」

カウンターは合計八席。これくらいの声なら二人組には聞こえない。

「常連？」

おれは二人組を見ずに訊く。

「はじめて。やけに気に入られてさ」

薄々気づいてはいたけど、はじめて来た客にも口説かれるのだから、やはり晶の顔は悪くないのだろう。

二人の男性客はラストオーダー直前に入ってきたという。そのあと、閉店時間になり店を閉めると伝えても、照明を明るくしてもなかなか帰ってくれないそうだ。

「なに話してんの？　友達？」

スーツ姿の男がこちらに体を向け、不機嫌そうにおれを睨《にら》んでいた。

「はい、そうなんです」

晶が営業スマイルで答える。

「晶ちゃんに訊いてないって。お前だよ」

おれは二人の特徴を観察する。

突っかかってきたのは、紺色のスーツを着ている男。

耳にはピアスの穴。ここから見ても穴がわかるから、いつもかなり太目のピアスをしているか、過去にしていたか。短髪で色黒。眉毛《まゆげ》とヒゲは形が整っている。

いかにも半グレっぽい感じ。

もう一人の男はわりと冷静で、口の端を上げながらこの状況を見ていた。キャップをかぶっていて、七分袖からはみ出ていた腕には、タトゥーがべったりと入っている。

二人とも二十代中頃から後半くらい？

「なんだお前。文句ありそうな顔してんな……ちょっと来い」

スーツが椅子にふんぞり返って手招きする。

経験上、この人種が考えそうなことはよくわかる。

たぶんここからは、おれにわけのわからない説教をしてきたり、自分たちの酒を飲ませようとしたり、意味なく謝らせようとしてくる。

今までもこの手の連中とのゴタゴタはよくあった。

女を騙すような仕事をしていると、男と揉めることがどうしても多くなる。

街で女と歩いているときにその彼氏とばったり出くわして殴られたこともあったし、女の彼氏に電話で呼び出され、金を要求されたこともあった。

ただ、そういった揉めごとで、おれは一度も引いたことはない。

相手に手を出したことはないけど、男に謝らなかったし、女と別れなかったし、金も払わなかった。そんなことで引いていたら、この仕事は続けられない。

それに、成瀬丈二という人格を貫《つらぬ》きたかった。揉めごとはまったく怖くなかったわけじゃないけど、一度でも引いたら成瀬丈二に戻れなくなりそうな気がした。そっちの恐怖のほうがはるかに大きかった。

「来いって言ってんだろ！」

スーツが今にも立ち上がりそうな勢いでいきり立つ。

本気じゃない。こいつらにとってはただの遊びだ。いい迷惑だけど。

素直に行ってはやるけどヘコヘコするつもりはない。成瀬丈二はそんなリアクションはしないから、このあとどうなるかはわからない。

おれは立ち上がり、二人組のもとに向かう。

が、そのとき、晶がカウンターから出てきておれの前に立った。

ビールの空き瓶《びん》の口の部分を両手で握っていた晶は、二人組に言った。

「こいつに手を出したら、許さないから！」

二人組がぽかんとする。

おれも唖然《あぜん》とした。

そして──二人組が笑った。

「冗談だって、晶ちゃん」

スーツが言う。

けど、晶は少しも笑わずスーツを睨みつけている。

「悪かったよ。そろそろ行くか……友達も怖がらせて悪かったね」

スーツに言われたから、「いえ……」と無愛想に返事をした。

二人組が店を出ていったと同時に、

「怖かった……」

晶がテーブル席の椅子にぺたんと座り、胸をなでおろす。

さっきの光景を思い出し、笑いがこみ上げた。

静かに笑いはじめたおれを見た晶が、不思議そうな顔をする。

「なにがおかしいんだよ?」

「いや、止めかたが男みたいだったから」

「失礼だぞ! さっきまで口説かれてたんだから!」

ムキになっている姿を見て、おれはまた笑った。

今度はわざと少し大げさに笑った。自分の感情を見ないために。

おれの胸には、なぜだか感動のような気持ちが湧き上がっていたから。

数日後。

いつものように練習が終わって一緒に渋谷駅へ歩いている途中、晶に言われた。

「丈二、なんかお礼させろよ」

練習に付き合った日、おれは必ず店から渋谷駅まで晶を送っていた。

仲を深める時間は練習のときだけで十分だと思っていたけど、あの長髪男に晶が襲われないか気がかりだったから。

晶の家は元麻布《もとあざぶ》にあるため、深夜〇時前に店を出れば終電時間に間に合う。

元麻布は都内有数の高級住宅街だ。

それを知ったときは、金持ちなのになんで男に貢がせているのだろうと思ったけど、葉子から聞いたようにゲーム感覚かもしれないと思ったから、そこまで気に留めなかった。

「お礼？」

「こうして教えてもらってるし。お前は教えかたが上手いから、かなり助かってるんだ」

「上手いか？」

そんなこと意識したこともなかった。

「上手いよ。それに駅まで送ってもらってるし。なんかお礼したいんだ。なにがいい？」

おれは考える。

晶には、自分のことをいつものように貧乏なフリーターだと言っていた。

これまでと仲の深まりかたが違うけど、金に困っている話をすれば出そうとするかも。

そう思い、口を開こうとした瞬間——胸がチクッとなった。

痛みの正体は、すぐにわかった。

——罪悪感。

最近はなにも感じなかったのに……なんでだ？

言わないと。葉子の学費を稼ぐためには、こうするしかないんだから。

また口を開こうとするけど——やはり言えない。

「なあ、なにがいい？」

「……別にいいよ」

ついそう答えてしまう。

「なんだよ、せっかく言ってんのに。なんかさせろよ」

詰め寄られる。

「……マフラー」

適当なことを言った。焦っていたから、とにかく会話を終わらせたかった。

「マフラーか……わかった。今度持ってくるよ」

晶を渋谷駅まで送ったあと、家に向かった。

歩きながら、考えていた。

おれが山名晶に罪悪感を感じた理由はわからない。ただ、そんな気持ちがあるのなら消さないといけない。

山名晶みたいなタイプの女は今までにもいた。

表では真面目そうに見えても、裏ではなにをしているかわからない女は大勢いる。彼氏がいると言いながら、平気な顔でおれと会って金を渡してくる女も何人もいた。そういう女は、自分のしていることを悪いことだと思っていない。

女には二面性がある。男を騙している女に同情する必要はない――。

そんなことを言い聞かせながら宇田川町《うだがわちょう》の裏通りを歩いていると、フードをかぶった一人の男とすれ違った。

その瞬間――違和感を覚える。

今すれ違った男を、どこかで見たことがある。

ダッフルコートにメガネ……晶につきまとっていた長髪男?

振り返る。

その瞬間、長髪男がおれに向かって大きく右腕を振りかぶっていた。

手にはバールが握られている。

よけようとしたときには、もう遅かった。

ゴン、という鈍い音。バールはおれの左肩に当たった。

おれは右手で男の胸を押して突き飛ばす。

おれたちの間に距離ができた。

長髪男がバールを両手で握ってかまえる。

「おれの女に手を出すな」

ハアハアと肩で息をしている。

顔もわからないし、フードをかぶって長髪が隠れていたから気づかなかった。

長髪男をこんなに近くで見たのははじめて。

バーの中で見たときは暗かったし、バーの前で見たときは遠かった。

声や服装や雰囲気から推測すると、年齢は二十代中頃から後半。こないだの半グレと同じくらい。

ただ、こいつのほうがもっとヤバい感じ。

半グレみたいな威圧感はないけど、精神的に追い詰められているような、独特の狂気がにじみでている。

「お前ら、なにやってんだ！」

道を歩いていた中年男性が声をあげた。若者同士の喧嘩だと思ったようだ。

長髪男が走って逃げた。

警察ざたになったら面倒だから、おれも走って逃げた。

しばらく走ったあと、歩きはじめる。

すると――激痛。アドレナリンが切れた。

あまりの痛さに、おれは左肩を抱えながらその場にうずくまった。


普通じゃない痛みだったし息もしにくかったが、なんとか家まで帰れた。

左肩を抱えながら家に入ると、葉子が駆け寄ってきた。

叔父から身を隠すために住民票異動の届け出もしてないし保険証もつくっていないため、この五年、医者に行ったことは一度もない。

こういうときはケータイを使ってネットで自己診断してきた。

調べた結果――おそらく、左の鎖骨にヒビが入っている状態。全治一ヵ月くらいか。上半身を使うと完治まで長引くから、解体作業の仕事は、その間は休まなければいけないだろう。

金の心配をした葉子はまたホステスのバイトをすると言ったが、もちろんまた断った。

葉子は呆《あき》れたようなため息をついたあと、言った。

「それで、達也を襲った男って、誰だか心当たりないの?」

「……山名晶の知り合い」

「えっ？」

ひどく驚いた様子。

「最初にお前とバーに行ったときもいたろ。騒いでた髪の長い男」

葉子は腑に落ちたように、

「ああ、あのとき……」

「山名晶とまだ別れてないと思ってる。おおかた、騙した男のひとりだろ」

「……」

葉子が腕を組み、なにかを考え込む。

「どうかした？」

「あっ、ううん。とにかくあんまり無理しないでね。わたしは、達也がいちばん大切なんだから」

「……ああ」

こんな状況になって目が覚めた。山名晶に罪悪感を感じている場合じゃない。

さっきの一瞬の出来事で、一ヵ月分のバイト代がとんだ。

このままだと、葉子の学費が払えなくなる。

急に山名晶に罪悪感を感じていたことがバカバカしくなった。

女なんて、こんなもんだ。裏でなにをやっているかわからない。

バカだった。けど、これで心置きなく山名晶から金をとれる。

あの男から襲われたと言えば、治療費を出すと言ってくるかもしれない。

ところが——。

三日後、山名晶の印象がまた大きく変わった。

閉店後にバーに行くと、顔を合わせるなり晶に言われた。

「丈二、マフラー持ってきたぞ」

赤いマフラーを手に持っておれに歩み寄る。

「首、曲げろよ」

おれが首を曲げると、マフラーを巻きつけてきた。

「ちょっと派手かなと思ったけど似合うな」

「もう買ってきたのか?」

「はぁ?　買ってないよ。手編みだ、手編み」

「縄みたいな模様が入ってるのに……」

まるで買ったものみたいに綺麗な模様が入っていた。

「アラン模様っていうんだ。そんなに難しくないよ。編み物は好きだから時間もかからなかったし……あ、深い意味はないから勘違いするなよ、あくまでお礼だよ」

ある可能性がよぎった。

「……なあ、お前につきまとってるあの長髪男とは、どんな関係だったんだ？」

晶は少し顔を曇らせたあと、微笑《びしょう》した。

「仕事。って言っても、ほとんど話したこともないんだ。思い込みの強い人みたいで、わたしと付き合ってるって思ってたみたいで」

「住所や電話番号は？」

「知らないよ。いつも突然現れるから、そのたびに勘違いだって言ってるんだけど、なかなかわかってくれなくてさ」

――山名晶は、本当に男に貢がせているような女なのか？

これまで、そんな様子は微塵《みじん》も感じられなかった。

性格は男っぽいし、連絡を取っている男の影もない。妙に律儀だし、家はセレブエリアで編み物も得意。

晶の持っている要素は、あまりにも悪女とかけ離れている。

あの長髪男も、前のバイト先のただの同僚だとしたら――？

「葉子、山名晶って、本当に悪い女なのか?」

帰宅したおれは、葉子に切り出した。

「そうよ。なんで?」

笑顔で言う。が、どこか不自然な態度。

おれは無言で葉子を見つめる。

「あれ。もしかして、また情が移っちゃったの? そんなの五年前以来だね」

「それなら、あのバーで働いてたお前の友達から詳しく訊いていいか? その子から聞いたんだよな、山名晶がそういう女だって」

「いいよ。明日にでも会わせようか?」

「いや。今から電話してくれ」

「……なんで?」

「その友達に、あらかじめ口裏を合わせるよう頼まれたら困る」

「信用してないんだ?」

「本当なら問題ないだろ?」

葉子が沈黙する。

こんなことはしたくないけれど、大事な問題だ。

「……葉子」

葉子は観念したように小さく笑った。

「……嘘だよ。山名晶はただ裕福な家の子。友達からはそう聞いただけ。でも裏ではなにしてるかわかんないよ？　達也だってあの子の知り合いに襲われたんでしょ？　真面目そうに見えても、女の子なんてたいがい……」

「今までも、同じような女がいたのか？」

「……」

「おれは、普通の女からも金をとっていたのか？」

「……そうだよ」

遅れてきた罪悪感がおれを包む。

やっぱり、そうだった。

だから、この前も「山名晶を騙すのを止めよう」なんて言ってきたんだ。普通の女だったから、葉子は罪悪感に耐えられなかったんだ。

「だって……しょうがないじゃん。悪い子ばっかりそんなにいないし、そうでも言わないと達也、女の子を騙せないでしょ？」

「だからって……」

「じゃあ、どうすれば良かった!?　わたしが大学やめるって言っても、夜のバイトするって言ってもダメだって言うし……また達也に倒れてほしくなかったの！」

おれは頭を抱えた。

これからどうやって葉子の学費を稼げばいいんだ？

また昼も夜も働いたら体を壊してしまうかもしれない。かと言って、悪い女だけを騙していても金が足りない。

これから、どうしたらいいのだろう——。


「どうした？」

いつもの閉店後の練習中、店のカウンターの中にいた晶に言われた。

もう晶からは金を騙しとれないけど、一度、承諾したことだから練習にはこのまま付き合うことにした。

カウンターに座っていたおれは、「え？」と我にかえる。

「元気がないなって思って」

勘のいい女。普段からポーカーフェイスを心がけているのに。今もそうしてたはずだ。

「なんでもねぇよ」

おれはなにごともなかったように答えるが、晶は心配そうな顔で、訊いてくる。

「あ、ごまかした。なんかあったのか？」

東京に来てから、おれはプライベートでも誰とも深い関係を持ってこなかった。

顔がわからない体質を持っている以上、良好な人間関係なんて長く築けないだろうし、長く付き合ったら体質のことがばれる恐れもある。そうはなりたくなかった。

今まで騙してきた女たちも、長くて一ヵ月から二ヵ月程度しか会ってこなかったし、自分のことはほとんど話してこなかった。

晶も同じだ。カクテル作りの腕がもう少し上達したら、ここに来ることも止める。もう騙すつもりはないけど、これ以上、距離も詰めない。これからも自分のことは話さない。そのつもりでいた。

「なんでもねえって」

うるさそうにそう答えると、ふくれっ面をされた。

「なんだよ、わたしだけかよ。友達だと思ってたの」

胸がざわつく。

晶と過ごしてきたこの数週間で、おれも似たような感情を抱いていたから。

はじめは仲のいいふりをしていたのに、やがてそれが嘘なのか本当なのかわからなくなっていた。いつもなら、こんなことはないのに。

他人は信じない。弱みを見せない。心を開かない。ずっとそう思ってやってきたのに、晶が普通の女だったと知った今、その信念が揺らいでいた。

もしかしたら、晶となら、わかりあえるかもしれない——。

おれは頭に浮かんだその言葉を追い払う。

「ためしに言ってみろよ。楽になることもあるぞ?」

今まで誰にも相談なんてしたことはない。

……けど、別におれの体質のことを言うわけじゃないんだ。晶と会うのは、どうせあと数週間だ。ずっと付き合うわけじゃない。赤の他人にアドバイスをもらうのと同じだ。

……これくらい話してもいいか。

そう思ったおれは、都合の悪い事実は隠しながら、葉子とのいきさつを話した。

晶はずっと真剣な顔で話を聞いていた。

すべて聞き終わった晶は、「うーん」と後頭部をボリボリとかく。

困ったときによくする癖。なんども見てきた。

晶は軽い声で、意外なことを言った。

「妹に水商売のバイトしてもらえば?」

「……は? なんで?」

おれは不機嫌に返す。

「いや、それ、こっちの台詞だから。本人がやりたがってんだろ?」

「……母親がスナックの客と蒸発したから、水商売にいいイメージないんだよ」

「バーテンだって水商売だろ?」

「男はいいんだよ」

「うわ、男尊女卑《だんそんじょひ》かよ」

「そういう意味じゃなくて。心配なんだよ、悪い男に引っかからないかって。おれみたいな苦労をさせたくないし。普通の大学生として生きてほしい」

晶は神妙な顔つきで少し考えたあと、言った。

「それさ、妹に自分を『投影』させてんじゃね?」

「どういうこと?」

「自分が誰かにしてほしかったことを、妹にしてるってこと」

少し考える。

……たしかに、そういうところもあるかもしれない。

でも。

「いけないのか?」

「必ずしもいけないわけじゃないけど、いちばん大切なのは妹の意思を尊重することだろ。よくあるだろ、芸能人になれなかった母親が娘を芸能人にさせようとするの。それで娘が幸せならいいけど、本当は嫌でも、母親が悲しむと思ってなにも言えない子もいるんだ」

「……葉子も同じような気持ちだった?」

「なんとも言えないけど、もしそうだったらお互いに自分の人生を生きていない。そういうの、『共依存』っていうんだよ」

……思い当たる節《ふし》はある。

こっちに来てからは、いつも葉子のことを考えていた。葉子のためにと思って働いてきた。けれど、その行動が自分をなぐさめるためだったとしたら。

「とにかく妹の好きにさせろよ。んで、お前も自分の人生を生きろ。まだ二十歳だろ？やりたいこととかないのか？」

「……考えたこともない」

晶は後頭部をかいた。

「よし、しばらくここには来んな。ちょっと自分の人生を考えろよ。その間、わたしは一人で練習するから」

アパートに帰ったあと、おれは葉子と今後のことを相談した。

葉子は言った。

「わたし、今でも達也のこと好きだよ。だから達也の望み通り大学は卒業する。大丈夫だよ、わたしは悪い男にも引っかからないし、男に貢がせたりもしないから」

おれは、葉子がホステスのバイトをすることを了承した。

晶の言う通りにしたら、おれのいちばん深刻な問題はとりあえず解決した。

だから、ここからも晶のアドバイス通りに考えてみることにした。

自分の将来のこと。自分のやりたいこと。

三日ほど悩んでも答えが出なかったから、渋谷の街をぶらつきながら考えることにした。

大型電器店の前を通りかかったおれは、足を止めた。

大きなテレビに、あの芸人コンビが出演しているバラエティ番組が流れていた。

昔は彼らのラジオ番組をよく聴いていた。

ふと、東京に来たきっかけを思い出した。

——放送作家。

おれはあの夜、自分のハガキが読まれたことで家を出ようと決めた。

なんでハガキを出した？

……本気で目指したわけではなかった。夢の疑似体験をしてみたくて出したんだ。

けど一瞬でも、放送作家になりたいとは思った。

なんでなりたいと思った？

……仲間に入りたかったんだ。

放送作家になれば、あの人たちみたいに、仲間と一緒に楽しく生きていけるかもしれないと思った。

本当の自分は、昔はそんなことを求めていた。

おれは、数年ぶりにあのラジオ番組を聴いた。

相変わらず楽しい気持ちになった。こんな番組を手伝えるようになれたら。こんな輪の中に入れたら――そう思うと、胸が躍った。

自分がなれるとは思っていないけど、調べてみる価値はある。人生を真剣に生きるためには、調べないといけない。

放送作家について調べた。

いくつかのサイトやブログに同じようなことが書かれていた。

放送作家に必要な能力は、「文章力」と「発想力」、そして「コミュニケーション能力」。どの能力も、おれには備わっていないものだった。

勉強もまともにしたことないから文章力には自信がない。発想力なんてものも今まで使った覚えがなかった。なにより、コミュニケーション能力。

放送作家はディレクターやプロデューサーから仕事をもらうので、人付き合いが上手いほうがいいらしいし、会議も多いそうだ。

ただでさえ口下手な上に、おれは人の顔がわからない。会議なんてしたこともないけど、会議室に大勢いる人たちを区別できるのか？　たくさんの関係者たちの特徴を覚えられるのか？　もし人を間違えたら失礼なやつだと思われて仕事がもらえないかもしれない――。

そこから、さらに嫌な情報を知った。

ラジオのギャラは安いため、ほとんどの放送作家はテレビを中心に仕事をするという。おれは出演者が大勢いるテレビ番組を観ていると混乱してしまう。顔がわからないせいで誰が誰だかわからなくなるため、番組内容が理解できない。そんなおれに、テレビ番組の構成なんてできるのか？

五年前は夢を追う人間の疑似体験をしたかっただけだから、軽い気持ちでハガキを送ったけど、今度は、とてもそんな気にはなれなかった。

悩んでいるうちに二週間が過ぎ、大晦日《おおみそか》が訪れた。

気分転換をしたかったから、久しぶりに晶のいるバーに行ってみることにした。

いつものように閉店後に店に入ると、晶が一人で練習をしていた。

「おう、来たな。ちょっと見てくれよ」

晶はおれをカウンターに座らせた。

そして、カクテルをつくりはじめた。

その姿に驚く。

カクテルをつくる手順、所作、シェイカーの振りかた、すべてが完璧《かんぺき》だったのだ。

呆気《あっけ》にとられていると、

「どうだ？」と訊かれた。

「……なんでこんなに上達した？」

「この二週間、家でもずっと練習してたんだ」

晶はおれに教えられたことを参考にしながら、カクテル作りの練習をしていたという。

シェイカーを一日に千回も振っていたそうだ。

「……すごいな」

おれは口を開けながら言ってしまった。

「すごいのはお前だって。お前が教えてくれたからだろ？」

「普通に教えただけだろ」

晶は、「はぁ？」と意外そうな顔をした。

「前から思ってたけど、お前って自分のことわかってないよな？」

「なんで？」

「前に『教えかたが上手い』って言ったときも驚いてたろ……お前さ、自分のいいところ、ちょっと挙げてみろよ」

「そんなもん、ないよ」

「そこをあえて」

「……外見と、クールなところ？」

晶は声をあげて笑った。

「なんだそれ？　お前のいいところは優しいところだよ」

晶はおれのいいところを具体的に挙げた。

まずは、「優しいところ」。

店のバーテンは面倒くさがってカクテルの作りかたを教えてくれなかったけど、おれは丁寧に教えてくれた。厳しいことを一度も言わなかったため訊きたいことも素直に訊けたし、長髪男のことを心配して、いつも駅まで送ってくれたのも優しいという。

次に、「勇気があるところ」。

初対面のときに晶の友人を長髪男から助けた。あの状況で見ず知らずの人を助けようとする人間はなかなかいないという。

そして最後に言われた。

「お前は、人に信用されるなにかを持ってるよ」

すべて自覚していないことだった。

晶に褒められている最中、なぜだか自分の人格が徐々にもとの自分に戻っていくような気がした。そのままの自分でいいと、肯定されているようだった。

そしてこのとき、またおれにあの言葉が浮かんだ。

もしかしたら、晶となら、わかりあえるかもしれない――。

けど、すぐにその考えを打ち払ってしまう。

もう女を騙す必要はない。成瀬丈二を演じる必要はなくなった。

このまま晶と会い続けてもいいのだ。

じゃあ、なんだ？　なにがおれを邪魔しているんだ？


バーを出て二人で渋谷駅に向かうと、スクランブル交差点は人であふれていた。

大晦日のスクランブル交差点には、毎年、数万人の人が集まる。

群衆を目の当たりにしたおれは怖くなった。

人混みに入ると怖くなって動けなくなる。東京で暮らすようになってかなり慣れたけど、このレベルだと見るだけで吐き気がしてしまう。

回り道をしても駅周辺は混《こ》んでいると思ったから、覚悟を決めてスクランブル交差点を突っ切ることにした。

二人で人混みをかき分けながら進むと、目眩《めまい》がした。

それでも進んでいくと――横にいた晶を見失ってしまった。

「丈二！」

振り返ると、おれを呼ぶ晶の姿が見えた。

みんな同じ顔に見えるから、一旦《いったん》離れると見失ってしまう。

晶に近づき手を握った。

再び進む。

しかし、やがてまた人混みに押されて手を離してしまった。

周りを見渡すけど、晶を見つけられない。

と——代わりにある人物を見つけた。

長髪男。

晶につきまとっているあの男だった。

背が高いから首から上が見えた。どんな顔かはわからないけど、メガネをかけて髪を後ろで束ねている。黒いタートルネックもダッフルコートのフードも見えたからすぐに同一人物だとわかった。おれの十メートルほど後ろにいた。

——今あいつに来られたら、晶を守れないかもしれない。

そう思ったら、心拍数が急激に上がり、呼吸がうまくできなくなった。

その場から動けなくなる。

まただ。また顔の見えない体質に邪魔されようとしている。

五年前、叔父に言われた言葉を思い出す。

『お前みたいなやつになにができる?』

なぜおれが、晶と距離を置こうとしていたのかわかった。
自分に自信がないのだ。
おれは今、晶を駅に送ることもできないでいる。
この群衆の中で長髪男に襲われたら、晶を守ることもできない。
それだけじゃない。
こんな体質を抱えているせいで、職場では人間関係も築けない。
親もいない。金もない。特別な才能もない。
こんなおれが……誰かを好きになってもいいのか? 人を好きになる資格があるのか?
おれには、なにもできない。おれと晶では、釣り合いが取れていない――。
自己否定の言葉が、波のように次々と押し寄せてくる。
その波に溺れていると――誰かに手を握られた。
「見つけた。丈二、背が高いから目立つな」
隣にいた晶が、おれを見上げて微笑んでいた。

その瞬間、不思議と恐怖はどこかに吹き飛んでしまった。

あたりを見渡すと、長髪男の姿は消えていた。

変なことを思った。

おれが晶を見つけられなくても、晶がおれを見つけてくれる。おれが晶を守れなくても、晶がおれを守ってくれる。晶になら、身を委《ゆだ》ねてもいい――。

そして、あの感覚が五年ぶりに舞い降りた。

ほかの女と同じ顔なのに、なぜか、晶の顔だけ可愛く見えたのだ。

おれは山名晶のことが好きなのだと気づいた。

渋谷駅まで着くと、年明けに初詣《はつもうで》に行かないかと晶に誘われた。

おれが了承すると、晶は嬉しそうな顔で手を振って、改札をくぐって行った。

その日から、おれは再びハガキを書きはじめた。

今度は夢を追う疑似体験じゃない。本気で放送作家になるために書きはじめた。

晶のおかげで、もう一度、前に進む気になれた。

晶はおれの人生を変えた。

そう――晶との出会いは、まるで運命のようだった。

一月三日。

昼過ぎから、晶と一緒に赤坂《あかさか》の神社に行った。

東京の初詣はどの神社も大勢の人でごった返すため行く前には憂鬱だったのだが、長い階段の上にあったそこは驚くほど空いていた。

晶も人混みが苦手だという。数年前にこの穴場スポットを知り、それから初詣はここしか行っていないそうだ。

賽銭箱《さいせんばこ》に小銭を入れ、二人でお参りをした。

階段を降りている最中、晶に訊かれた。

「なにを願ったんだ?」

「特になにも……」

「また格好つけてる」

ぶすっとする晶を見て、おれは笑みをこぼす。

「お前は?」

「二つ願った。一つは自分のこと。もう一つは、丈二のこと」

「おれ?」

「でも結局、そっちもわたしが関係してんだけど」

……なんだろう。ぜんぜんわからない。

と、おれはあることに気づいた。

階段を降りきった場所の道路に、見たことのある外見の人物が立っていた。

ダッフルコート。髪を縛っている。メガネ。

長髪男だ。

向こうはおれたちの逆側《がわ》を向いて気づいていない。

おれたちを待っている……尾《つ》けてたのか。

「悪い。ちょっと待っててくれ」

「えっ？」

驚く晶を置いて、急いで階段を降りていく。

そして——階段を降りきる直前、気づかれた。

逃げた。

おれは走って追いかける。

長髪男が路地に入る。おれも路地に入った。

走るだけで鎖骨が痛い。けど、今度はいつ見つけられるかわからない。また同じ服を着ているかわからないのだ。顔のわからないおれは、この機会を逃せない。

住宅街を走ってしばらく追いかけていると、長髪男の足が止まった。

道の先には家。行き止まりに突き当たった。

おれも足を止めて呼吸を整える。鎖骨が痛くて息がしにくい。

長髪男が振り返り、おれを見る。今日は武器を持っていない様子。

おれは長髪男にゆっくりと近づいていき、少し距離をとって立ち止まった。

「あいつと付き合ってないんだってな？　なんで嘘をついた？」

冷静に訊く。

こういうやつは興奮させないほうがいい。まずは、普通に話をして晶に近づかないよう説得し、それでも聞かなかったら警察に突き出すしかない。

「違う。付き合ってる」

「向こうはそう思ってない。諦めたほうがいいんじゃないか？」

「諦められるか……ゆいちゃんにいくらつぎ込んだと思ってるんだ」

「ゆいちゃん？」

「お前は、ゆいちゃんのことをなにもわかってない！」

長髪男がおれに向かって突進してきた。

体当たりされてもみ合いになる。左肩に激痛が走り、力が入らない。

長髪男が逃げ出す。

おれは痛みのために走れなかった。

長髪男は消えた。

肩の痛みを隠しながら、晶と合流した。

晶は長髪男に気づいていなかった。怖がらせたくなかったため、「知り合いを見かけたから追いかけて話していた」と嘘をついた。

二人で駅まで歩いている間、おれは長髪男の言葉が引っかかっていた。

『ゆいちゃんにいくらつぎ込んだと思ってるんだ』

長髪男は晶の前のバイト先の同僚で、病的に思い込みが激しく、晶と付き合っていると妄想していた。

……今までは、そう思っていた。

けど、さっきの言葉を聞いて、ある疑念を抱いた。

長髪男がどんなにヤバいやつでも、『晶に金をつぎ込んだ』と妄想するだろうか？

なんらかの理由で、本当に金をつぎ込んでいたと考えたほうが自然だ。

それに、「ゆい」という名前は？

晶がおれに嘘をついている？

なぜ？

晶が前にしていたバイトは……ホステスだったのか？

長髪男は半グレみたいな雰囲気じゃない。どちらかというと女に慣れていない雰囲気。あの男は晶がホステスをしていた店の客で無口だった。だから晶は、『ほとんど話したことがない』と言っていたのか？　長髪男は、晶に貢いでいた？

……晶がそんなものを受け取るか？

だが、長髪男の口ぶりを考えると、ずっと受け取っていたことになる。

まさか——。

おれと会っていた晶は、猫をかぶっていたようには見えなかった。

けれど、女には二面性がある。

おれと会っている晶も、ホステスをして男たちに貢がせてきた晶も、両方とも本当の晶だとしたら？　貢がせること自体、なんら悪いことだと思っていなかったとしたら？

「なあ、丈二。今度……どっか遊びに行かない？」

横を歩いていた晶に訊かれる。

意味がわからず、眉間にしわを寄せると、左腕にパンチをされた。

鎖骨が痛くて顔が歪《ゆが》みそうになるが、ポーカーフェイスを装う。

「気づけよ、鈍感。デートに誘ってんの！」

晶は恥ずかしそうに言った。

「なあ、晶……」

晶がおれを見上げる。

今、おれが晶に訊いたら、どうなる？

あの長髪男が言っていたことは本当なのか――と。

「……わかった。いつにする？」

……考えすぎだ。

きっとぜんぶ、あの長髪男の妄想だ。

仮に、本当に長髪男が晶になにかを貢いでいたとしても、無理に渡したんだ。晶はそんなもの、黙って受け取らない。自分にそう納得させた。

おれたちは、週明けの昼にデートする約束をして、別れた。


しかしその二日後――。

信じられない出来事が起こった。

昼間、なにげなく葉子に散歩に誘われ、代々木公園に行った。

ジョギングをしている中年男性、ピクニックを楽しんでいる家族、手を繋いでいる恋人たち。公園には平和な風景が広がっていた。

幸せそうな人たち――。

おれも、こんな人たちの輪の中に入って時間を過ごしたい。

素直にそう感じた。

今度、晶と一緒に来てみよう――。

そんなことを思っていた矢先、

「あれ……山名晶って子じゃない？」

隣を歩いていた葉子が言った。

視線の先をたどると――一人の女が歩いていた。

晶だった。

髪型や身長や体型が同じ。いつも着ていたコートを羽織《はお》っていたからすぐに本人だとわかった。

晶が手を振りながら、ベンチに座っていた男に近づいていく。

赤いマフラーをつけた短髪の男だった。

男が立ち上がり、晶を抱きしめた。

晶も男の腰に手を回す。

そして男は、晶にキスをしようとする。

おれはそれ以上見ることができず――目をそらした。

その場を急いで離れた。

晶と一緒にいたのは短髪の男。ずっと付きまとっていた長髪男じゃなかった。

しかも、今度は深い仲に見えた。

短髪男はマフラーをつけていた。おれが晶にもらったものと同じ赤いマフラー。

晶は……あのマフラーをいろんな男に手渡していた？

自分が家庭的な女だと思わせるために、手編みだと嘘をついて、買ってきた赤いマフラーをあげる手口で、いろんな男を手玉にとっていた？

ショックで呆然としながら歩いている最中、隣を歩いていた葉子が、

「ほら、やっぱりわたしの言った通りじゃない。ああいう子に限って、裏ではああいうことしてるのよ」

怒ったように言った。以前、自分が言ったことをおれに聞き入れられなかったことが気に食わなかったのだろう。

おれはあの言葉を思い出した。


「『隠された真実』に気づかないと、結ばれない」


十五歳の頃、占い師に言われた言葉。

晶はおれの生きかたを変えた。

おれにとって、運命の女じゃなかったのか?
隠された真実に気づいたら、結ばれるはずじゃなかったのか?
……いや、運命の相手じゃなかったんだ。
運命の相手の『隠された真実』は、絶対にこんなものじゃない。
知ったら嫌いになってしまうような真実じゃない。
おれは幸運だったんだ。
晶の本性を見抜けたから、運命の相手じゃなかったと気づけた。
見抜けたから、運命の相手じゃない女と結ばれずにすんだ。
おれにとって、晶は運命の女じゃなかったのだ。
それ以来、おれは晶に会わなかった。

夏目達也　二十五歳　再会②

「バーで会ったときの僕の第一印象は？」

「うーん。ちょっと無理してると思った」

「無理？」

「自分の目標を必死に達成させようとしてて、そのために自分を押し殺して……そんな生きかたをしてるみたいに見えた」

「そこまでわかってたんだ……やっぱり君はすごいな」

「すごくないよ。わたしにもそういうところがあるからだと思う」

「君もそうやって生きてきたの？」

「うん。けど、これからは変わると思う」

「どうして？」

「もう、一人じゃないから。突っ張らなくてもいいような気がする」

第三話　運命の出会い　三回目　夏目達也　二十五歳

十二月。

「あとは、笠原修一《かさはらしゅういち》でいいんじゃないですか？　天然コメントもおもしろいですし」

六本木《ろっぽんぎ》のテレビ局で会議をしていた僕は言った。

プロデューサーやディレクターたちが賛同してくれて、最後の一人が決まった。

ピン芸人がMCを務めるレギュラー番組の会議。

毎回、最近よく名前を聞くようになった五人の有名人にゲスト出演をしてもらう。

今回は、タレントの小山《こやま》タカヒロ、元タカラジェンヌの間宮《まみや》つばさ、若手女優の高梨由《たかなしゆ》衣香《いか》、グラビアアイドルの半田希《はんだのぞみ》、元柔道金メダリストの笠原修一にオファーすることにした。

会議が終わると、プロデューサーに声をかけられた。

「達也、あの取材、今日だろ？」

「ええ、店の営業前にママに話を聞きます」

「頼むな」

別番組の取材の件だ。

僕は今、半年に一度放送されているクラブホステスのドキュメント特番を手伝っている。今回取材する店は、つい最近、六本木にできた会員制の高級クラブだった。
あれから五年——僕はなんとか放送作家になれた。

五年前、僕はあのラジオ番組にネタ投稿のハガキを出しはじめた。

中学生の頃ははじめて出したハガキが運よく読まれたけど、今度はずっと読まれることはなかった。

それでも諦めずに毎週三十通のハガキを出し続けると、半年後、やっと採用されて読まれた。時間が経つにつれ採用率が増えていった。

そしてハガキを出しはじめて二年後、ラジオ番組のディレクターから連絡があり、「仕事を手伝ってみないか」と声をかけてもらえた。

あとから聞いたのだけど、ディレクターは僕に才能があると思ったわけではなかった。僕が毎週、三十通ものハガキを出し続けていたから、そのやる気を買ってくれたという。はじめて会ったとき彼は「この仕事に最も必要なものはやる気だ」と言った。

この仕事をやってみてその通りだと思った。

仕事のしかたは誰も教えてくれなかったから、はじめはディレクターや放送作家の先輩に怒られてばかりだった。

けれど、会議のしかたもアイデアの出しかたも企画書や台本の書きかたも、死ぬ気で頑張っていたらいつの間にか覚えていた。仕事だと思って頑張って人と会話するようにしていたら、やがて演じなくても自然と普通に他人と話せるようになった。

顔の見えない体質のハンデも、思っていたほど足かせにはならなかった。

仕事関係の人は顔以外の特徴をメモして覚えるようにした。いつも決まった人たちと仕事をすることが多いから、今のところ体質のせいで大きな失敗をしたことはない。仕事相手がほとんど私服というのも助かった。制服よりもはるかに区別しやすい。

芸能人を覚えるのは少し大変だけど、彼らの髪型や服装、声や話しかたは一般人よりも特徴がはっきりしているから覚えやすい。

この数年で、仲の良い仕事仲間は多少できたけれど、あくまで仕事だけの関係だ。プライベートで遊ぶような友人と呼べる存在は一人もできていない。

どの人とも、ある程度の距離をとっていた。この体質がばれるのが怖かったからだ。長く一緒にいたら体質のことがばれてしまいそうで、誰とも深い関係になれなかった。

六本木のテレビ局を出た僕は、汐留《しおどめ》にある別のテレビ局に向かった。

次の仕事は、そこの社員であるプロデューサーとの打ち合わせ。

先日、彼に頼まれて新番組の企画提案書を書くことになった。その企画書が完成したため、これから目を通してもらう。

テレビ局は定期的に新番組の企画募集をしている。先月だけでこのテレビ局の編成部には合計二百通以上の企画書が提出された。この企画書がおもしろければ、新番組として放送される。プロデューサーに頼まれて企画書を書くことも、放送作家の仕事の一つだ。

テレビ局に入ってロビーでプロデューサーに電話をすると、迎えに来てくれた。

二人で会議室に入って打ち合わせを開始。

僕の書いた企画書に目を通したプロデューサーが、困惑したような表情を浮かべた。

「この前の打ち合わせのとき、スタジオでクイズやるなんて話してたっけ？」

企画書に書いてあった番組展開のこと。

先日の打ち合わせでは出ていなかった話だけど、おもしろくなると思ったからクイズ要素をつけ足した。

「いえ。ただ、こうしたらスタジオがもっと盛り上がると思ったんです。番組の趣旨にも合ってますし」

「うーん、たしかにそうだなぁ……」

プロデューサーが頬杖《ほおづえ》をついて悩む。

こういうことはよくある。

企画書の打ち合わせは、初回ではそこまで細かく話さない。「こういうコンセプトで、こういう展開で、とりあえず一回書いてほしい」と頼まれることも多い。

今回もそんなケースだった。そして今みたいに、二回目の打ち合わせでもっと具体的に企画を詰めるのだ。だから企画書を書くときは、初回の打ち合わせで決めた企画の流れを守りつつも、こうやって僕がアイデアをつけ足すこともある。

それが採用されることもあれば、されないこともあるのだけど、この『つけ足し』のバランスが、なかなか難しい。

打ち合わせの話だけを簡単にまとめても、「もっとアイデアを足してほしかった」と言われることもあるし、アイデアをつけ足し過ぎても、「この前の打ち合わせとぜんぜん違う」と言われることもある。

なんにせよ――。

「やっぱりこの展開は、おれのやりたいことじゃないな。入れなくていいや」

こんなふうに、プロデューサーの一存で決まる。

相手がディレクターでも同じだ。最後はテレビ局員が決める。テレビ局員ではなく、スポンサーや芸能事務所が決めることもある。

とにかく、放送作家に企画を決める権限はない。

しばらくプロデューサーと打ち合わせをして、企画書を書き直すことになった。

修正するところもあれば、新たなアイデアを加えるところもあった。

「急だけど、明日までにもらいたいんだ。できる？」

プロデューサーに言われる。

今日はこれからクラブのママに取材する。そのあと家に帰って、明日の朝までに台本を五本、企画書を二本書かないといけない。それにリサーチが三本……。

徹夜をすれば間に合う。

「わかりました。明日の朝までにメールします」

「夏目ちゃんは仕事が早いから助かるよ」

よく、こう言われる。

本当は仕事が早いわけじゃない。眠らずに無理をしているだけだ。

無理は悪いことだと思わない。

どんな大変な仕事でも断らず、急な締め切りにも対応し、常に無理をして依頼してくれた人の要望に応《こた》えてきたおかげで、今ではいろんな人から仕事をもらえている。

この程度の無理は、これまでの人生と比べたらはるかに楽だ。僕はこの生きかたしか知らないし、これが僕の強みだとも思っている。

便利屋に徹してきたおかげで、人並みに暮らせているのだ。今の生活ができているだけでも上出来なのだ。

……けれど。

なぜか最近、気持ちがモヤモヤしていた。

この状態が、なにか違うような気がしているのだ。

僕にはこのモヤモヤが、なんだかよくわからなかった。

汐留のテレビ局を出た僕は、取材先である六本木の高級クラブに向かった。

六本木駅から店に歩いている途中、ビルのショーウインドウに映る自分の顔が目に入った。

相変わらず他人と同じ顔に見えるけど、無精《ぶしょう》ヒゲが伸びていた。そういえば、ここ一週間ほどは仕事が忙しくてあまり寝ていない。ヒゲを剃《そ》る時間もなかった。

こんな顔で取材に行くのは失礼かなと思い、コンビニに寄ってマスクを買ってつける。

再び、六本木の細い道を歩いていると、ハプニングに巻き込まれた。

向かいから水商売風の女性が歩いてきたのだが、彼女の数メートル前にマンホールがあるのを発見してしまったのだ。

五年前、ホステスをしている子たちとよく会っていたため、ある可能性がよぎった。

そして女性がマンホールを通り過ぎようとしたとき——実際にその事故が起こった。

ハイヒールのかかとが、マンホールの溝にハマった。

女性が前に倒れかかる——が、それを予測していた僕はキャッチした。

一台の車がクラクションを鳴らしながら、僕らのすぐ横を通り過ぎていく。

危なかった。支えなかったら、彼女が怪我してたかも。

「ありがとうございます」

女性にお礼を言われる――と、僕は鈴木和花を思い出した。反射的に女性の額を確認するけど、ほくろはなかった。

……まただ。

今までもなんどかこんなことがあった。初恋は忘れられないと言うけど、僕にも当てはまるようだ。もう十年も経ってるのに。

「いえ……足、大丈夫ですか？」

「……あっ、はい」

僕は溝にハマったベージュのヒールを抜いた。やっぱり、かかと部分が細いピンヒールだった。

そのヒールを女性に履かせてあげて、僕はそそくさとその場を立ち去った。

約束の時間にクラブに着いてママに挨拶《あいさつ》した。

今回の取材対象は、モデルやタレントも多数働いている完全会員制の高級クラブを切り盛りするママ。もし店内で有名人のホステスや客を見かけても、そのことを絶対に口外してはいけないという特殊なルールがある。

番組で放送することになったら、ママ以外のホステスにはモザイク処理をしなければならないため映像の見栄えは悪いけど、この店の噂《うわさ》を聞いたプロデューサーが「おもしろそうな店だから」と言い、とりあえず僕が話を聞きに行くことになったのだ。

店内の事務所でママに取材をはじめた。

ママの経歴や、常連客はどんな職業の人がいるか、ホステスは昼にどんな職業をしているか、営業の秘訣《ひけつ》など、一時間ほど話を聞いた。ママからは「もし密着取材することになったら、お店の子の顔はくれぐれも出さないでほしい」と念を押された。

取材を終えた時間が開店時間の直前だったため、ママから「良かったら少し見ていってください。お店のことがよくわかるから」と言われた。店のホステスさんに事情を話し、普段の営業と同じように僕に接客させるという。

お金はいらないと言われたし、ホステスさんやママの働きぶりも見たかったので、その言葉に甘えることにした。

ママに店内のボックス席に案内され座ってしばらくすると、二人のホステスさんが席についてくれた。

驚いた。

一人のホステスさんが、さっきヒールが挟まって倒れかかった女性だったのだ。

さっき会ったばかりだったから彼女の声や髪型や靴を覚えていた。

僕から彼女に声をかけると、改めてお礼を言われた。

彼女はあやみさん。

声や雰囲気から年齢はおそらく二十代前半くらいだと思った。

あやみさんは転びかかったエピソードをもう一人の着物のホステスさんに話した。

着物のホステスさんは沙織《さおり》さん。

髪は後ろにまとめて前髪を斜めに下ろしている。低めで色っぽい声。歳は三十歳前後だろうか。

沙織さんのほうがずいぶん年上に見えたけど、敬語も使わずに話す二人の姿を見て、かなり仲がいいとわかった。

三十分ほど経ったところで店が忙しくなりはじめ、あやみさんが別のお客さんのところに行くことになって席を立った。

僕と沙織さんの二人になる。

「あやみちゃんを助けてくれて、本当にありがとうございます」

沙織さんが言った。

「いえ、ぜんぜん。お二人、仲がいいですね」

「入店日が同じだったから。とっても可愛いんです、あの子」

と、店内の席に座って接客していたママが、他《ほか》の席を見ながらボーイを呼んで指示を出す。接客中も常に店全体を把握しているとわかった。

僕がその様子を見ていると、

「放送作家さんって大変そうですね」

沙織さんの声で我に返った。

「なんでですか?」

「夏目さん、さっきからずっとママの仕事、真剣な顔で見てるでしょう?」

彼女が接客してくれているのに、ママばかり見ていた。

「すいません。接客してくれてるのに失礼でした」

「いいえ……夏目さん、風邪を引いてらっしゃるんですか?」

「いえ、このマスクは無精ヒゲが生《は》えてたから、さっきコンビニで買ったんです」

「そのままママと会うと失礼だと思ったから?」

「ええ、まあ」

「もう外してもいいんじゃないですか? リラックスしてほしいし、表情を見ながらお話ししたいですから。もちろん、夏目さんの自由ですけど」

「でも結構生えてますよ? ほら」

マスクを外してみせる。

「あら、格好いいですよ。ワイルドで。狙《ねら》ってそういうヒゲにしてるみたい」

そう見えるのか。考えすぎてたのかも。

「じゃ、外しますね」

僕は歯を見せて笑い、マスクをポケットに入れた。

「最近、休んでますか？」

沙織さんに訊かれる。

「疲れてるように見えます？」

「ええ。ヒゲを剃る時間もないようですし、ママのこともずっと見てたし。ちょっと無理してるようにも見えます」

沙織さんが困ったように微笑む。

「……そうかも。でも、ちょっとくらいの無理は大丈夫です」

すると、じっと見つめられた。

「お仕事、好きですか？」

僕は少し考え、答えた。

「考えたことないです。いただいた仕事はしっかりやらないとって思うのが先で」

「……真面目ですね」

「そうですか？」

「とっても。なんで放送作家になろうと思ったんですか？」

「興味があったんです。この仕事、楽しそうだなって」

「実際にやってみてどうでした？」

……やってみて？

今まで必死すぎてそんなこと考えたこともなかった。

「どうだろう……つまらないと思ったことはないですけど、もしかしたら楽しいと思ったこともないかも」

「一度も？」

僕はまた少し考え、思い出した。

「あっ、脚本は楽しかったかも」

「脚本も書かれるんですか？」

「やったことあるのは五分のミニドラマだけですけど。それは楽しかったです」

「どうして楽しかったんですか？」

脚本を書いた頃を思い出しながら考える。

「なんていうか……書きたいことを書けた気がしたんです」

「自己表現？」

その言葉を聞いたとき、ピンときた。

「あっ、それかも」

「もしかしたら夏目さんは、自己表現をしたいんじゃないですか？」

そうか――。

脚本を書いたときは、なぜか「この物語を通してなにかを伝えたい」という願望が自然に湧いた。自分の中に眠っていた意思が呼び起こされるような。

テレビ番組に携わる放送作家は、プロデューサーやディレクターのやりたいことを実現させるためにアイデアを出したり台本を書かないといけない。少なくとも僕はその考えかたが正しいと思って、自分のやりたいことよりも彼らのやりたいことを優先してきた。仕事を円滑に進めるために。また仕事をもらうために。だから自己表現をする機会が少なかったんだ。

あるいは、単純に僕の場合、バラエティ番組よりドラマのほうが自己表現をしやすいタイプなのかも。

……僕は自己表現をしたかったのか。

最近よく感じていたモヤモヤは、これかもしれないと思った。

「……そうかも。自分では気づかなかった。沙織さん、すごいですね」

「脚本家や映画監督とお話しすることもあるから、自己表現の話もよくお聞きするんです。脚本を書けばもっと楽しくなるんじゃないですか？　知り合いのプロデューサーに見せたり、コンクールに出したら?」

業界にかなり詳しい。店の場所柄、そういうお客さんも多いのかも。

僕は真剣に考える。

そういえば……。

この体質を抱えるまでは、僕の趣味はテレビを観ることだった。

バラエティ番組だけではなく、ドラマや映画もよく観ていた。今でも当時観たドラマや映画のことはよく覚えている。

放送作家をはじめるようになって、エンタテイメントを勉強するためにバラエティ番組だけでなく、映画やドラマもまたよく観るようになったが、登場人物の少ない物語は相変わらず没頭して観てしまう。

……僕は物語が好きだったんだ。

もしも脚本を通して、当時の僕のような寂しい人たちを少しでも救えたら——。

この体質のせいでドラマには苦手意識があるけど、それは放送作家になる前も同じだった。それでもなんとかできているんだから、脚本も本気でやってみる価値はある。

「……そうですね。いいかも」

「それなら——今日から書きましょう」

「今日から?」

「思い立ったが吉日《きちじつ》です。あっ、思いつきました。その脚本、一ヵ月後にわたしに見せてください」

「はい？」

思わず声をあげてしまった。

「物書きの方って、締め切りがないとなかなか書かないっていうじゃないですか。誰にも見せません。わたしが読んで感想を言うだけ」

ずいぶん踏み込んでくる。もしかして、僕があやみさんを助けたからだろうか。だけど、さすがにそこまでしてもらうのは。だいたい――

「けど、どんなものを書けばいいかわからないですし……」

「ドラマや映画は、どんなものを観てきたんですか？」

思い出しながら考える。

「……ラブストーリーが多かったかな」

登場人物の少ない物語を選ぶと、どうしても恋愛ものが多くなってしまう。

「それじゃ、ラブストーリーにしましょう」

沙織さんがどんどん決めていく。

僕は戸惑いつつも、彼女に引っ張られるように、「ラブストーリーか……」とつぶやいて考える。あることが気になった。

「うまく書けるかな……」

彼女が僕を上目遣いで見てくる。色っぽい仕草。

「あっ、デートシーンとかうまく書けるかなって。大人になってからデートしたことがないので……」

「ほんとに？」

「ええ」

僕は鈴木和花と山名晶以外を好きになったことはないし、彼女たちともデートはしたことがなかった。五年前も女性と会うときはご飯を食べるか酒を飲みに行くだけだったため、健全な大人の昼のデートがどんなものか知らなかったのだ。

唯一そんな経験があるとすれば、山名晶との初詣くらいだけど、あれもデートと呼べるのか……。

「なら、わたしとデートしましょう」

「……は？」

「そうすれば、わかるでしょう？」

それは、さすがに――。と、ある疑惑が生まれる。

「僕には、ここに通ったり、なにかをプレゼントするほどの経済力はないですよ」

すると、沙織さんは笑いながら僕の膝を軽くポンと叩き、

「そんな魂胆はないですよ。あやみちゃんの恩人だから、お礼をしたいんです」

「いや、でも……」

「それじゃ、ルールを作りましょう。このお店に来るのもわたしにプレゼントをするのも禁止。デートのお会計も割り勘。それでどうですか？」

「……」

「返事は？」

僕は彼女に押されるように、つい「はい」と言ってしまった。

それから僕は、週に何回か、沙織さんとデートのようなものをした。

六本木ヒルズ、浅草、お台場、アクアパーク品川……と定番の東京デートスポットをまわった。

彼女は外ではいつも大き目のサングラスをかけていた。ホステスをしているのでシミやそばかすを防ぐことに気を遣っているのだろう。髪型は出勤時と同じ。特徴がわかりやすかったため、彼女を誰かと見間違えることは一度もなかった。

沙織さんの性格を一言で表現すると、「恋愛のプロ」だった。

彼女は僕がいいデートシーンを書けるように、わざと恋人っぽいことをしようとしてくれていたとは思うけど、その行動は大胆かつ男を虜《とりこ》にするものが多かった。

たとえば、「こういうときには手を繋ぐんですよ」と突然、手を繋いできたり、一緒にご飯を食べているときに突然、「あーん」と言って自分の物を食べさせようとしてきたり、突然、無言で僕の目を見つめてきたり。

とにかく「突然なにかをしてくる」ということが多く、そのたびに不意をつかれた僕はついドキッとしてしまった。

さらに彼女はいつも僕に、「好きな〇〇は?」と質問してきた。

好きな本や好きなドラマ、好きな場所や好きな時間――。それらの質問に、僕は自分でも驚くほどまともに答えられなかった。あまりにも、自分の好きなものをわかっていなかったのだ。

質問にうまく答えられないことが続いていると、ある日、彼女に怒られた。

「達也さんは自分をあまりにもわかっていません。きっと今まで頑張りすぎたせいです。もっと自分を可愛がってください」

その言葉を聞いて気づかされた。

浜松にいた頃までは、好きなものも少しはあった。音楽を聴いたり小説を読んだりラジオも聴いていた。

だけど東京に来てからは忙しくてそんな時間はずっと持ってこなかった。自分の欲求を満たす余裕すらなくなっていたのだ。

沙織さんと会ううちに、どんどん癒《いや》されていくような気がした。

その夜、葉子が家に来た。

葉子は大学卒業と同時に僕のアパートから出た。というより、僕が強引に追い出した。葉子に相変わらずブラコンの気《け》があったため、そろそろ兄離れさせる時期だと思い、一人暮らしをはじめさせたのだ。

僕は相変わらずあの頃と同じ1DKのぼろアパートに住み続けている。もう葉子の学費を払わなくてよくなったけど、金にはずっと苦労してきたからいまだに貧乏性が抜けない。

離れて暮らせば葉子のブラコンも少しはなくなると思ったけど、そうでもなかった。

葉子は家を出てからも、いまだに週の半分くらいは勝手に家に夕食をつくりに来る。ずっと彼氏もいないみたいだ。

夕食のメニューはハンバーグ。食事の間、葉子は仕事のグチをこぼしていた。

異動してきた編集長のセクハラが最近までひどかったらしい。やたらとボディタッチしてくる人で、ずっと笑顔でスルーしていたけど、先日ついに耐えきれなくなり、「訴えますよ?」と真顔で言ったそうだ。それからは一切触ってこなくなったという。

葉子は大手出版社に勤務して週刊誌の編集者をしている。昔から顔が広かったし調べ物も得意だったから、自分の長所を上手く仕事に生かしているようだ。

夕食を食べ終わって葉子が洗い物をしているとき、僕のケータイにメールが入った。

【達也さん、今日も働きすぎてませんか？　お仕事はほどほどにしてくださいね。次のデートは、横浜にしませんか？】

沙織さんからだった。

なんだか嬉しくなった僕は、にやけながらそのメールを見ていた。

「へー、デートしてんだー」

後ろから僕のメールを見ていた葉子が目を細めながら不機嫌そうに言った。

「見るなよ」

僕はケータイをポケットにしまう。

「いいじゃん、減るもんでもないし。そんな相手いたんだね」

不機嫌なまま続ける。

僕にずっと女性の影がなかったから意外だったのだろう。脚本のためにデートしていることを知らないから、明らかに勘違いしている。

「どんな子なの？」

「え？」

「気になるの。達也が女の子とこんなに仲良くなるの久しぶりだから」

やっぱり勘違いしている。

けど……兄離れさせるいい機会だ。このまま勘違いをしてもらおう。

「沙織さんて人。すごく……魅力的な人だよ」

「歳は？」

「たぶん、三十歳前後」

「仕事は？」

「……ホステス」

「は⁉　なんでそんな人と連絡とってんの？」

「取材で店に行って、たまたま知り合ったんだよ」

「どこの店？」

刑事の取り調べみたいだ。別にいいけど。

「六本木。最近できた、すごい高い会員制のとこ」

「……それって、モデルとかもいる店？」

「知ってんの？」

「わたしの友達も働いてるから。ホステスのバイトしてたとき、一緒の店でナンバーワンだった子。そうとうレベルの高い子しか入れないよ、あの店」

「ふーん」

気にしない様子で寝室に向かうと、葉子が追いかけてきた。

「本気なの？」

「……まあ」

「やめときなよ。向こうは本気じゃないよ」

シングルベッドに座った。葉子が出て行ってから買ったものだ。

「わかんないだろ、そんなの」

「五年前のこと忘れたの？　また同じ目にあうよ！」

嫌な思い出が蘇って少し憂鬱になるが、その気持ちを悟られないよう、口角を上げた。

「真面目そうな子と付き合えば、納得してくれるの？」

「……嫌」

「なら、どんな子なら許してくれるの？」

「……わたし」

僕は軽く笑った。

「変な冗談、言うなよ」

「冗談じゃない」

「妹だろ？」

「血は繋がってない」

葉子は真剣な顔で、まっすぐ僕を見つめた。

「わたしが達也と付き合える可能性は、少しもないの？」

ずっと前から、もしかしたらと思っていた。

だけど、気づかないふりをしていた。

葉子も普通じゃない人生を送ってきたんだ。

僕や葉子みたいな人間にとって、「他人に受け入れてもらえない」ということは、すごくつらいこと。だからずっと曖昧《あいまい》にしてきた。僕がはっきり拒《こば》んだら、ひどく傷つけることになるから。葉子が悲しむ顔を見たくない。

……きっと今だけだ。

これから好きな人でもできたら、こんなことは言わなくなる。

僕は笑顔を見せた。

「冗談ばっか言ってないで洗い物してくれよ。まだ途中だろ」

葉子がベッドに置いてあった枕《まくら》を思い切り投げてきた。僕の顔に直撃。

「自分でやれ、バカ！」

そのまま怒って出ていってしまった。

葉子は僕が沙織さんに騙されることを心配していたけど、それはない。沙織さんは男を騙すようなタイプのホステスではないし、どんなにドキドキするようなことをされても、どんなに癒されるようなことをされても、それはすべて僕の脚本のためにしてくれているのだ。僕へのお礼としてデートをしてくれているのだ。僕にはそれがよくわかっている。だから、絶対に彼女を本気で好きになることはない——。

そう思っていた。


しかし。


次のデートで、そんな自信が打《う》ち砕《くだ》かれてしまった。

この日、僕たちは横浜でデートした。

元町《もとまち》・中華街《ちゅうかがい》駅で沙織さんと待ち合わせ、一緒に中華街の入り口まで行くと——突然、僕の膝がガクガクと震え出した。

中華街の人混みを見たら、とてつもなく怖くなってしまったのだ。

東京に来てもう十年も経っていたから人混みにも相当なれていたのに、一歩も歩けなくなった。どんなに気を張って恐怖を消そうとしても、足の震えがおさまらない。

このとき、なぜ僕が昔から人混みに恐怖を感じていたか、はじめてわかった。

母に捨てられた思い出が鮮明に蘇ったのだ。

僕は、この中華街の近くに母と二人で住んでいた。スナックで働いていた母は、店の常連客だった男と中華街の人混みに消えた。人の顔が同じように見える僕は、母を追いかけたけど見つけられなかった。この中華街は、僕が人混みを嫌いになった原点の場所だったのだ。

「どうかしました？」

沙織さんが上目遣いで訊いてくる。

この癖をなんども見てきた。疑問に思ったことがあると上目遣いをする。

「いえ……」

笑ってごまかそうとすると、沙織さんは僕の足を見た。

足の震えに気づかれたと思った。

情けなくて恥ずかしくて、消えてしまいたくなり、思わず目を伏せた。

「達也さんは、いつも完璧ですね」

顔を上げると、沙織さんが優しく微笑んでいた。

「いつも優しくて格好よくて、嫌なところや弱いところが一切見えない」

意外な言葉だった。そんなつもり、ぜんぜんなかったから。

「そうですか？」

「……最近、怒ったことありますか？」

「怒ったこと？」

「はい」

思い出そうとする。最後に怒ったのはいつだろう。

「あんまり……ないかも」

「さみしくなったり、悲しくなったり、泣きたくなったことは？」

また考える。でも、やはり思い出せなかった。

「いつだったろう。それも、思い出せないや」

僕は笑いながら言う。

「ひとつも？」

「はい。それ以前に、自分の感情は普段から気にしないというか……あ、おかしいですか？」

険《けわ》しい顔で僕を少し見つめた沙織さんは、突然、僕の背中に腕を回して抱きしめた。

「えっ……あっ……」

中華街の観光客たちが僕らを見る。

「ずっと、そうやって生きてきたんですね。なんとか進むために感じないようにするしかなかった。けど大丈夫なんですよ。感情を受け入れても怖いことは起きません。そのまま受け入れていいんです。もうそろそろ、そうしないといけません」

言われているうちに、彼女の言葉の意味がわかった。

僕は、本当の自分がよくわからない。

十三歳から生きるために別人を演じてきた。東京に来てからは、自分に戻らない時間がもっと増えた。そしてこの五年は、ただ仕事をこなすことだけを考えてきた。もう別人を演じていないつもりだったけど、本来の感情を無視してきたことは同じだった。沙織さんは、そんな僕のことを見抜いたのだ。

そうわかったとき——胸の奥からなにかがこみ上げてきた。

涙が溢《あふ》れてくる。

自分に起きていることを理解できず、僕は「あれ……」と笑ってしまう。

どんどん出てくる。

涙を流したのは、十五歳の頃以来だった。泣きかたもあのときと同じ。

東京に逃げる前夜、鈴木和花からメールをもらったときも、こんな風にわけもわからず泣いた。

僕から体を離した沙織さんが、じっと両目を見つめてくる。

「つらいときは誰かに頼っていいんですよ。それは恥ずかしいことでも情けないことでもないんです。そうしないといけないんです」

でも……顔がわからない体質になったときに、母は煩わしそうに僕に言った。たいしたことないと。神経質だと。気にしなければいいと。苦しみをわかってほしかったけど、わかってくれなかった。だから、苦しみを感じることは、自分が悪いと思っていた。自分が弱いからいけないのだと。つらいことを誰かに話すことは恥だと思っていた。

僕はなんとか声を出す。

「人に……迷惑をかけたくないんです」

沙織さんはつらそうに眉を下げる。

「迷惑じゃないですよ。少なくとも、わたしは言ってほしい。だってそれって、わたしに壁をつくってるってことなんですよ」

「そんなつもりは……」

「ないと思います、無意識だから。でも試しに言ってみませんか？　そうしないと、いいラブストーリーも書けません」

涙を手で拭い、僕は頬をゆるませた。

「……そうでしょうか」

「ええ。本当の恋人っぽくしないと。恋人同士は本当の自分をさらけだすものです。そのままの相手をお互いに受け入れて、尊重し合うんです。そうしないと、お互い安心できないんです」

あたたかい笑みを見せてくる。

心が安らいだ。

周りには人が大勢いて、世界には慌《あわ》ただしい時間が流れていたけど、僕たちの半径一メートルだけは別世界に感じた。僕たちの周りだけは音も消えて、やわらかい光に包み込まれているようだった。

言ってみる気になった僕は、沙織さんに、顔が見えない体質のことは隠しつつも、母に捨てられたときのことを話した。

いつの間にか情けなさや恥ずかしさは消えていて、自分でも驚くほど素直に言えた。

話しているうちに、心がどんどん軽くなっていった。そして最後に、

「トラウマってなかなか消えないもんですね。なんとか克服したいんですけど」

と笑って話を終えた。

すると沙織さんは、僕の腕を両手で掴んだ。

「それじゃ、試しにわたしと頑張ってみますか？」

楽しげに言う。

その声を聞いた僕は、なぜだか急に視界が開けた気分になって、

「……はい」

と答えてしまう。

僕たちは中華街に入った。

最初は怖かったけど、沙織さんがずっと楽しそうに話しかけてくれたから気が紛れたし、たまに「耐えられなくなったら言ってくださいね」と言ってくれたから安心もできて、結局、恐怖に硬直することなく中華街を抜けることができた。

「怖かったですか？」

「……いえ、そこまでは」

「よかった。これからも似たようなことがあったら言ってくださいね。次は山下公園に行きましょう。ずっと行きたかったんです、わたし」

なんなんだ、この人は——。

さっきまではあんなに気が重かったのに、今は楽しい気持ちになっている。

解決できない重い問題だと思っていたのに、今はたいした問題じゃないと感じている。

彼女と一緒にいたら、どこにでも行ける——。

そう思った瞬間、沙織さんの顔が可愛く見えた。

ほかの人たちと同じ顔だったのに、彼女の顔だけが可愛く見えたのだ。

僕は——五年ぶりに人を好きになってしまった。

山下公園に行くと、沙織さんのケータイが鳴った。

しかし彼女は、その着信を無視し続けた。

「出なくていいんですか？」

「いいんです」

沙織さんは少し怒ったように言った。

そして着信音が鳴り終わると、短いため息をついた。

こんなに憂鬱そうな姿を見たことはなかったから、

「どうかしました？」

と訊いてしまう。

「少し……愚痴《ぐち》を言ってもいいですか？」

「ええ、もちろん」

「最近、自由に生きられなくて。ちょっと疲れてるんです」

誰かに縛られている？

恋人？　仕事の客？　気になったけど、そのまま黙って聞き続けることにした。

「けど、夢を叶えるには現状維持をするしかないんです。だから、どうしようもないんですけどね」

また小さくため息をつく。

「ありがとうございました」

「……いえ」

彼女の夢はなんなのだろう。

日本一のホステスになること？　自分の店を持つこと？　お金を貯《た》めてほかのなにかを手に入れること？

いろんなことが気になったけど、僕は訊かなかった。


沙織さんのおかげで、自分の書きたい脚本の構想を決めることができた。

彼女と会っているうちに、僕は「自己表現をしたい」とはっきり自覚するようになり、その言葉通り、「自分を描きたい」と思うようになった。

だから、自分に起きた実話をそのまま描くことにした。

それは、十五歳で鈴木和花と出会い、二十歳で山名晶と出会い、二十五歳で沙織さんと出会った、「顔が見えない体質」を持った、僕のラブストーリーだった。

第一話に鈴木和花との話、第二話に山名晶との話、第三話に沙織さんとの話をそのまま書くことにした。

三人の女性の名前は実名では書かないけど、沙織さんはその脚本を読めば自分が第三話の女性だと気づくだろう。つまり、その脚本を見せることは沙織さんへの告白にもなる。

僕みたいなやつが相手にされるわけもないと思ったけど、先のことは気にしないことにした。とにかく、この話を書きたかったのだ。

しばらく脚本を書くことに専念することにした僕は、沙織さんに連絡し、二週間後の昼頃に六本木で会う約束をした。


僕は脚本を書きはじめた。

体裁《ていさい》のいい文章やストーリーを書こうとは思わずに、とにかく自分の書きたいことを吐き出すように書いた。本当の自分自身を包み隠さずに描きたかった。その途中、あることに気づいた。

この話は脚本ではなく小説のほうがいいのではないか——。

小説のほうが自分の心理描写をしやすいと思ったのだ。

試しに小説形式で書いてみたら、より自己表現をしている感覚に包まれて気持ちが良かった。そのまま書いているとどんどん筆が進んでいった。

沙織さんには、小説の形で読んでもらおうと決めた。

こうして小説は順調に書き進められていった。

だけどある日、思いもよらないことが起こった。

僕のケータイに知らないアドレスからメールが来たのだ。

【沙織です。突然ごめんなさい。達也さんとは、もう会えなくなりました】

沙織さんからだった。

僕と頻繁に店の外で会っていたことがパトロンにばれて、ケータイを変えなければいけなくなり、店も辞めることになった。僕よりも彼のほうが大切なので、もう会えない。パトロンはほかにも何人もいるが、みんな中年から年配の男。たまには若い男と遊んでみたかったから、僕と会っていた。だから、もう自分のことは探さないでほしい。

今まで楽しかった。ありがとう――そんな内容が書かれていた。

沙織さんのケータイに連絡したけど、もう使われていなかった。新しいメールアドレスに「連絡してほしい」とメールをしたけど返信もなし。彼女の働いていた六本木のクラブにも行ったけど、すでに店を辞めていた。

この前、沙織さんにかかってきた電話。彼女は「自由に生きられていない」と言っていた。このこと？　パトロンに僕とのことを疑われていたのか？

僕は五年前の出来事を思い出した。

もしかしたら、彼女も――。

沙織さんとは、約束の日まで連絡がとれなかった。

夏目達也　二十五歳　再会③

「わたし、運命って信じてなかった」

「僕も。でも、今はあると思ってる」

「運命の相手が目の前にいるなんて変な気分」

「なんだか、すごく恥ずかしい」

「あ、だからさっきから、わたしの目を見てくれないんだ?」

「……ごめん」

「照れ屋さんだもんね……けど嬉しい。その相手が君でよかった」

「僕も、そう思ってる」

「わたしを探してくれてありがと……達也さん」

「こっちこそありがとう。沙織さん」

沙織さんと連絡が取れないまま、約束の日を迎えた。

悩んだ末、僕は六本木に向かった。

彼女が来てくれるかもしれないという、ほんの僅《わず》かな希望にかけて。沙織さんがあんなメールをするとはどうしても信じられなかったからだ。それに、彼女と会えなくなってから、なぜだかなんどもあの言葉を思い出したから。


「『隠された真実』に気づかないと、結ばれない」


あの占い師の言葉が本当だとしたら、沙織さんにもっと踏み込まないといけない。

僕は十年前のことを後悔していたのだ。

なんで鈴木和花に直接、すべてを打ち明けられなかったのだろうと。もしかしたら、許してくれたかもしれないのに。

五年前のことも後悔していた。

なんで山名晶に、あの代々木公園の出来事はどういうことなのか訊かなかったのだろうと。もしかしたら、なにか誤解があったかもしれないのに。

十年前も五年前も、僕は好きだった女性から逃げた。

自分に自信がなかったからだ。

今も自信はないけれど、今度はどうしても逃げたくなかった。

沙織さんと話したかった。

二週間前は、そのあとも連絡をとれると思っていたから、「昼頃に六本木で会う」という約束だけをして、具体的な待ち合わせの時間と場所は決めていなかった。

つまり、沙織さんと会うためには、六本木の街のどこかで僕が彼女を見つけるか、彼女が僕を見つけるしかない。

顔のわからない僕にとって、沙織さんを見つけることはそうとう難しい。

それでも僕は、六本木の有名な待ち合わせスポットを巡りながら彼女を探した。

日比谷線《ひびやせん》と大江戸線《おおえどせん》の六本木駅の改札、六本木ヒルズの蜘蛛《くも》のオブジェ前、六本木交差点、ミッドタウン、乙女像、ドン・キホーテ……探しても探しても、沙織さんらしき人は見当たらなかった。

午前十一時半から探しはじめて、三十分が過ぎ、一時間が過ぎ、二時間が過ぎた。

僕は今日なんども来た、六本木ヒルズの蜘蛛のオブジェ前に着いた。

しかし、やはり沙織さんらしい女性はいない。

そのとき、叔父の言葉を思い出した。

『お前みたいなやつになにができる？』

まただ。また、この体質に邪魔されるのか。

もう沙織さんを探し出す手段はない。道ですれ違ったとしても、僕にはわからないのだ。

せめて、顔がわかれば――。

そう思ったとき、

「達也さん？」

後ろから声が聞こえた。

振り返ると、女性が立っていた。

彼女は肩で息をしていた。

沙織さんの髪型じゃない。髪を下ろして真ん中で分けている。

だけど、その声はたしかに沙織さんだった。

「沙織さん？」

「……はい」

と、沙織さんがふらついた。

僕は急いで駆け寄り、彼女を抱きかかえた。

顔色が悪い。

「大丈夫ですか？」

「ずっと走って探してたから貧血を起こしたみたい……会えるかもしれないって思ってました」

僕たちは近くのベンチに座って少し休み、六本木ヒルズのスターバックスに行った。

沙織さんは席についたあと、「もう大丈夫です」と表情をなごませた。

顔色がだいぶよくなった。

いろいろと訊きたいことがあったけど、まずはプリントアウトした小説を出した。

「これを読んでください。僕の話を書いたんです。脚本じゃなくて小説になったし、最後まで書き終えてないんですけど……」

ここには、鈴木和花のこと、山名晶のこと、沙織さんのこと、そして僕の顔のわからない体質のことも書いてある。すべて実話のため、沙織さんとのことを書いた第三話だけはまだ途中だ。

沙織さんはなにも言わずに、その小説を読みはじめた。

しばらくすると、沙織さんは目を見開いた。

驚くのも無理はない。沙織さんは、僕の体質をはじめて知ったのだから。

それを差し引いても、僕の少年時代は、かなり変わっている。僕の体質と家族、両方のことに驚いたのかもしれない。

待っている間、いろんな不安が頭をよぎった。

犯罪を手伝っていた僕の過去を知ったら、軽蔑《けいべつ》されるだろうか。

女の子たちを騙してきた過去を知ったら、嫌われるだろうか。

顔のわからない体質を知ったら、変な目で見られるだろうか。

第三話に出ている女性が自分だと知ったら、迷惑に思われるだろうか。

けれど、その不安よりも、本当の自分を知ってほしいという願望や、自分の新たな可能性にかけてみたいという希望のほうが強かった。

すべて読み終わった沙織さんがテーブルに小説を置き、口を開いた。

「これは、達也さんの実話ですか？」

「はい」

「わたしがいる……」

ボソッと言った。

沙織さんは唖然としていた。

第三話の女性は沙織さんのことだ。

まさか、自分のことが小説に書かれているとは思わなかったのだろう。

これで、僕の体質や家族、これまでの人生、そして、沙織さんへの気持ちも知られた。

結果なんてどうでもいい。自分の気持ちをはっきり彼女に伝えよう――。

覚悟を決めて口を開いた。

「三人目の女性のことですよね。実は――」

「違うの」

急に沙織さんの声色が低音から高音になった。

まるで、別人のように。

――この声、どこかで聞いたことがある。

どこで聞いた?

高くて優しくて、包み込まれるような。聞いているだけで安心する……眠くなるような声。

僕はこの声に、好意的な感情を抱いている。

いつ聞いた?

最近のような気もするし、ずっと前のような気もする――。

必死に思い出そうとしていると、沙織さんが言った。

「三人ともわたしなの。君も顔がわからなかったのね——達也くん」

……どういう意味だ？

呆気にとられていると、沙織さんが続けた。

「わたしも今まで好きになった人は三人だけ。ぜんぶ、君だった」

微笑みながら、けど目にはうっすら涙が浮かんでいる。

君？　沙織さんは今まで僕を「達也さん」と呼んでいた。『君』なんて呼ばれたことは一度もない。

雰囲気もさっきまでとは違う。大人っぽさや色気は消えていて、優しくてふんわりした感じ……ちょっと待て。声、話しかた、雰囲気——思い出した。

鈴木和花だ。

そんな——。

僕は沙織さんの額を確認してしまう。

……小さなほくろがあった。鈴木和花と同じ場所に。

「君は……鈴木和花なの？」

彼女が小さくうなずく。

沙織さんは……鈴木和花なのか？　二人は同一人物だった？

いや、沙織さんは「三人ともわたしなの」と言っていた。

僕の書いた小説に登場するもう一人の女性――。

「山名晶も……君だったの？」

微笑みながら、また小さくうなずいた。

僕の好きになった三人の女性すべてが、目の前にいる彼女だった？

……そんなわけない。

それなら……なんで沙織さんは、五年前と今回、出会った時点で以前僕と会っていたことを言わなかった？　なんで自分が鈴木和花だと言わなかったんだ？

いや……その理由はさっき言っていた。

僕を同一人物だと気づかなかったのは、沙織さんも同じだったんだ。

彼女も僕と同じように、ついさっきまで桜井玲央と成瀬丈二と夏目達也の三人が、同一人物だと気づかなかったんだ。

その理由は――。

「僕と同じ体質だったってこと？」

「わたしは十三歳から。わたしも、『ここまで顔がわからない人はめずらしい』ってお医者さんに言われた」

やっぱり、そうなのか？

十五歳の頃と二十歳の頃の僕は、罪悪感を払拭するために別人を演じていた。

声色も話しかたもたたずまいも、映画の登場人物を徹底的にコピーして……だから彼女に気づかれなかった？

けれど……なんで僕も、三人の女性を別人だと思い込んでいた？

僕は他人を顔以外の特徴で覚える。三人の女性は、声も話しかたも癖も、雰囲気までもが違った。意識的に演じようとしない限り、あそこまで別人に見えることはない。

彼女はなぜあれほど完璧なまでに、別人を演じていたんだ？

そもそも、名前が違う理由は？　沙織は源氏名《げんじな》かもしれないけど、なんで鈴木和花と山名晶という二つの名前を名乗ってたんだ？

「どうして、別人のふりをしてたの？」

「役作りのため」

役作り？　理解が追いつかない。

「わたし、女優なの。本名は鈴木和花だけど、芸名は高梨由衣香。この小説の中にもわたしの芸名が書かれてた」

高梨由衣香……以前レギュラー番組の会議で、ゲスト出演者として名前が挙がっていた。最近、活躍している実力派の若手女優だ。

「十五歳の頃、君と別れた直後から女優になったの。二十歳からは、撮影の少し前から役柄の職業を実際に体験してきた。そこで働いている間は、その役名を名乗って、役の人格を演じてきた」

「……つまり、十年前の『鈴木和花』がそのままの君で、五年前は『バーテンダーの山名晶』役を、今回は『ホステスの沙織』役を演じてたってこと？」

彼女はうなずいた。

「……役作りって、そこまでするの？」

彼女は「うーん」と頭を傾けた。鈴木和花の考えるときの癖だ。

「ロバート・デ・ニーロって知ってる？」

「もちろん。ハリウッドの演技派俳優だよね」

作品ごとにまったく異なるキャラクターを演じ分けるため「カメレオン俳優」と呼ばれているハリウッドの名優だ。

「彼は『タクシードライバー』っていう映画の役作りのために、撮影前にニューヨークでタクシーの運転手をした。彼を見習ってそうするようになった」

この高い声とふんわりした雰囲気。間違いない。

「……本当に和花ちゃんなの？」

彼女は小さく笑った。

「ひどいな。わたしは君を信じた。でも君は、わたしを信じないの？」

十五歳のとき、あの公園で言われた言葉――本当に鈴木和花なんだ。

「女優が夢だったなんて……歌手だと思ってた」

「正確には、青山三枝さんの受賞した賞をわたしも獲《と》ること。あの頃は、入りたかった事務所のオーディションには、だいたい歌唱審査もあったから、カラオケで練習してたの」

青山三枝。たしかに大ファンだと言っていた。

「……勘違いしてた」

「わたしもこの小説を読んで、いくつも勘違いしてたことに気づいた」

「君も？　どんなこと？」

「十五歳のとき、わたしは浜松駅まで君を見送りに行ってたのよ。あの日は大雪だったから着いたのは出発時間の直前だったけど、ニット帽をかぶった君らしい人がいなかった。それでも急いで探してたら、君と同じ靴を履いてる人がいた」

「靴……そういえば、あのときは靴だけ買わなかった」

「男の人は同じ靴を履く人が多いから、いつもチェックするの」

「そういう覚えかたもあるんだ」

僕にはない発想だ。人によって覚えかたが違ってもおかしくはない。

「人違いでもいいから話しかけようって君に近づいた。けど、君の隣にいた女の子がわたしの顔を見たあと、君の腕を両手で摑んだ。知らないカップルだと思って、また探しはじめて……見つけられなかった」

——葉子だ。

葉子は鈴木和花の顔を知っていた。下調べの段階で写真も撮っていたし、喫茶店で変装したときも顔を見ていたはずだ。なんで僕に鈴木和花が来たと伝えなかった？

嫉妬？

鈴木和花に人違いだと思わせたくて、改札口でわざと腕を組んできた？　けれど、そんなことをしても鈴木和花に声をかけられるかもしれないと思っていたはずなのに……そうじゃない。

もしかして、葉子は鈴木和花の体質を知ってたのか？

僕が鈴木和花と出会う前、葉子は男友達から聞いたという鈴木和花の情報を詳しくは伝えてこなかった。僕たちがお互いの共通点を知ることで仲良くなることを恐れたのか？

鈴木和花は十三歳からこの体質になった。この体質を隠しながら学校生活を送るのは難しい。僕はこの体質がばれたとき、学校中の子供からめずらしがられた。葉子の男友達が鈴木和花の体質を知っていてもおかしくない。

「二十歳のときも、代々木公園には君からのメールで呼び出されたのよ」

「僕に？　あのとき僕は、葉子に誘われて行ったのに……」

「『新しいケータイに変えた。今から会いたいから代々木公園に来てほしい』って知らないアドレスからメールがきて。公園に行ったら君らしい人にキスされそうになったの。けど君じゃないってわかったから突き飛ばした。その人のしてた赤いマフラーの模様が、君にあげたものと違ったから」

ベンチに座っていた男は赤いマフラーをつけていた。髪も短くて背も僕と同じくらいだった。彼女も顔がわからないから、僕だと勘違いしたのか。

「その男は誰だったの?」

「わたしにつきまとってた人」

「……長髪男?」

「うん、もともとわたしのファンだったんだけど、ある時期からわたしと付き合ってるって妄想してたみたい」

僕は疑問だったことを訊く。

「あの男、君に金をつぎ込んでたって……」

「たぶん、わたしのファングッズだと思う。あの頃は事務所の方針で、そういうものに握手券をつけて売ってたから。あの人、握手会のたびに一人で何周もしてた」

だからあの長髪男は、彼女のことを、「ゆいちゃん」と呼んでいたのか。

「警察にはずっと相談してたんだけど、なかなか動いてくれなくて。でも代々木公園のときは、大きな声を出したら周りの人が取り押さえてくれて、やっと捕まったの」

「長髪男は、僕になりすましてたの？」

彼女がうなずく。

「警察の人に聞いたんだけど、あの人、知らない女の子に『ある男になりすませば高梨由衣香に近づける』って言われたらしくて。それで赤いマフラーを買って、髪も君に似せて短く切ったって。身長も君と同じくらいだったから、すぐに別人だって気づけなかった」

葉子は二十歳のときも僕たちの邪魔をしたのか？

それなら、なんで最初から僕たちをバーで会わせた？　なにかの拍子《ひょうし》に、お互いの体質のことを知ったり、五年前にも会っていたと気づく可能性もあるのに……いや、偶然だったのか。あの頃はもう葉子にそこまで詳しく下調べをさせないようにしていた。

葉子は僕と一緒にあのバーに行ったとき、五年ぶりに鈴木和花を見たんだ。それで僕たちを引き離そうと考えた。あのあと、葉子が急に「騙すのをやめよう」と強く言ってきたのも、罪悪感を感じたからではなく、これ以上僕たちを会わせたくなかったからだ。

十五歳のときも二十歳のときも、葉子が邪魔していたんだ。

それだけじゃない。今回は、僕に知らないアドレスからメールが送られてきた。

「何日か前、僕に『もう会えない』って連絡した？」

「なんのこと？」

やっぱりあのメールは鈴木和花じゃない。二十歳のときと似た手口だ。

僕は訊く。

「最近、急に君と連絡がとれなくなった理由は？」

彼女がうつむく。

「実は、わたしの事務所に、わたしたちのデートの写真がメールされてきたらしいの」

「誰から？」

「わからない。ただ、おかしなメッセージも添えられてたみたい。『週刊誌にばら撒《ま》かれたくなかったら、二人をもう会わせるな』って」

僕たちが再会したと知った葉子が、また邪魔をしようとしたんだ。

あのときか。葉子が家に来たとき、沙織さん……つまり鈴木和花のことを話した。あれから彼女のことを調べたんだ。と、あることを思い出した。

「もしかして、前に山下公園でかかってきた電話って……」

「うちの社長。今は大事な時期だから誰とも付き合うなって言われてるの。だから君と会うなって……それでケータイも変えさせられて、お店も辞めさせられた。根は悪い人じゃないんだけど……」

葉子は僕たちの写真を撮って鈴木和花の所属する芸能事務所に送り、そのあと僕にあのメールを送ったんだ。

「……僕とこんなふうに会って、大丈夫なの？」

彼女は、沈んだ顔をして口を閉ざした。

それはそうだ。

彼女の夢は、青山三枝の受賞した賞を獲ること。

夢の実現のために十五歳からずっと頑張ってきた。普通じゃない役作りまでして来た。

でも……なんで彼女はそんなにこの夢を叶えたいのだろう。

そこまでして叶えたい理由はなんなのだろう？

「どうして、青山三枝さんの受賞した賞を獲りたいの？」

「小さい頃、彼女の出ているドラマにいつも助けられてた。わたしも彼女みたいになりたかったの」

十五歳の頃、鈴木和花は「両親とはあんまり仲良くない」と言っていた。「頼りたくない」と。

僕も小さい頃、母が家にいない寂しさを紛らわせるためテレビばかり観ていた。テレビにはずいぶんと救われたから、彼女の言っていることはよくわかる。自分も青山三枝のようになって、演技を通してかつての自分みたいな子たちを助けたいのだろう。

そう分析していると、彼女がまた口を開いた。

「けど、どうしよう……君が玲央くんと丈二くんだったたって知って、また迷いはじめちゃった」

僕は絶望する。その言葉を聞いてわかったから。鈴木和花は、僕と最後に会うつもりでここに来たのだと。

……当然の選択だ。

これ以上僕と会っていたら所属している芸能事務所にいられなくなる。

彼女の事務所は業界でも一、二を争う大手だ。よその事務所に移籍したりフリーになっても女優はできるかもしれないけど、円満退社ではないから、今の所属事務所から圧力がかかるかもしれない。少なくとも仕事を軌道に乗せるまではかなり時間がかかる。このまま僕と会っていたら、夢が遠ざかってしまうのだ。

――もう鈴木和花と会えなくなる。

そう思うと、不安で不安でどうしようもなくなった。

あのときの気持ちと同じだ。母が僕を捨てて、家から出て行ったとき。必死に母を追いかけている最中も同じ気持ちになった。

『行かないで』

『僕を捨てないで』

『一人にしないで』

僕の中にいる幼い自分が、必死にそう訴えかけてくる。

彼女のためには、もう僕とは会わないほうがいいのだ。そうわかっているはずなのに、とてもじゃないけど、僕から別れを告げる気にはなれなかった。

このまま彼女と別れたら、きっと僕はどうにかなってしまう。

そんな妙な確信すらあったのだ。

「僕とは、二度と会えないってこと？」

「まさか……そんなつもり、もともとなかったよ」

僕は心から安心する。

でもそれなら、なにを迷っているのだろう？

恐る恐る訊く。

「それじゃ、迷いはじめたって……」

鈴木和花はまっすぐに僕の瞳を見つめた。

「……わたしたち、三年後に再会できないかな？」

戸惑う僕に、彼女は続ける。

「わたし、どうしても夢を叶えたいの。ここまで頑張って来たから、青山さんみたいになれたっていう証《あかし》がほしい。けど君とも離れたくない。だから夢を追うリミットはあと三年にする。そのあとはずっと君といたい。勝手なこと言ってるのはわかってるけど、それまで待ってもらえないかな？」

嬉しかった。本当に。

彼女は僕のすべてが書かれた小説を読んだ。僕の顔のわからない体質、僕が犯罪に加担していたこと、僕が女の子たちを騙して来たこと、情けない本当の自分のことも、ありのまま書いた。ぜんぶひっくるめて、彼女は僕を受け入れてくれたのだ。

そのままの自分を受け入れてくれる人がいるなんて思わなかった。

だからこそ――三年という期間が、とてつもなく長く思えた。どうしようもなく、彼女を引き止めたくなった。……だけど。そんなことをしてはいけない。

頭が整理できていない。それでも、彼女がそう望んでいるのなら、言わないと――。

自分の気持ちを押し殺し、無理に笑顔をつくった。

「わかった。そうしよう」

「わたしたちみたいな体質の人が、三度も偶然出会ったの。これは、そういうことだと思うんだ。そう思ったら、わたしはこれからも頑張れる」

きっと、僕を元気づけるために言ってくれたのだろう。

僕は今まで、なんで三人とも鈴木和花だと気づけなかったのだろう。

十五歳の頃も、二十歳の頃も、二十五歳の今回も、好きになるところはいつも一緒だったのに。僕は彼女の強いところや、僕を理解しているところが好きだったのだ。

「あとね、一つだけ約束してほしいの。今までわたしたち、すれ違うたびに連絡がとれなくなったでしょ？」

十五歳の頃も二十歳の頃も、僕が勝手に彼女を諦め、一方的に連絡を絶った。

「ごめん。僕のせいだね」

彼女は首を振った。

「もうああならない方法があるの。十五歳のとき、わたしと行った公園、覚えてる？」

「君の家の近所の？」

「そう。あの公園に大きな木があったでしょ？　もしまたすれ違っても連絡をとりたくなったら、あの木の下に手紙を埋める。このことを二人だけの秘密にすれば、誰にも邪魔されずに連絡をとれる」

「……わかった」

僕たちは、しばらく過去のことを話した。

十五歳の頃の彼女の第一印象を訊かれた。僕は「強い子」と答えた。彼女は不服そうだったけど、「そういうところに惹かれた」と言うと嬉しそうに微笑んでいた。

二十歳の頃の僕の第一印象を訊いた。彼女は「ちょっと無理してると思った」と言った。自分にも似たところがあるから、それがわかったという。

運命についても改めて話した。僕も彼女も運命論者じゃなかったけど、二人ともお互いを運命の相手だと確信していた。彼女は「わたしを探してくれてありがと」と言ったあと冗談っぽく、沙織さんを演じていたときのように「達也さん」と僕を呼んだ。僕も冗談っぽく「こっちこそありがとう。沙織さん」と彼女に言った。

そのほかにも、たくさんのことを話した。

時間も忘れて、夜遅くまで話した。まるで、離れていた十年分の時間を埋め合うように。

そして僕たちは、別れた。

僕は小説の第三話だけを書き足し、すぐに鈴木和花の家に送った。

ただ、「またすれ違ったときのための連絡方法」だけは書かなかった。彼女の言う通り、二人だけの秘密にしたかったから。

同封した手紙には、「君と再会したあと、この小説を完成させる」と書いた。

三年後に再会した僕たちのことを書いてから、完結させるつもりだ。

僕はこれからの三年間、彼女と会うために生きる。彼女はそれをわかっている。

彼女もこれからの三年間、僕と会うために生きると思う。僕はそれをわかっている。

僕たち以上にお互いを理解し合える相手は、きっとほかにいない。

十年前、占い師に言われたことは本当だった。

僕はこれまで、彼女と三度、会ってきた。三年後に彼女と会ったら、四度目。

占い師の言っていた『隠された真実』とは、『僕の好きになった女性が、全員、鈴木和花だった』ということ。

けれど、僕は占い師に言われたことを彼女には言わなかったし、彼女に送った小説にもそのことは書かなかった。

彼女を驚かせたかったのだ。三年後に結ばれたときに言いたかった。

「占い師に言われた通り、僕たちはやっぱり運命の相手だったんだ」と。

第二章　再会

十二月。

——わたしは鈴木和花、二十八歳。これから数時間後、わたしは三年ぶりに達也くんと再会する。わたしならできる。

部屋で座って目を閉じていたわたしは、自分にそう言い聞かせた。

「よし、これで完璧！」

安花里《あかり》の声が聞こえて、目を開いた。目の前の化粧鏡には、わたしの顔が映っている。

「達也さんはあんたの顔わかんないけど、三年ぶりの再会だから綺麗にしてかないとね」

わたしのメイクを仕上げてくれた安花里が、背後から言った。

「ありがと。忙しいのにごめんね」

「昨日も言ったでしょ。なにがなんでも、わたしがしたかったの」

メイクアップアーティストの安花里は、仕事の合間を縫って家に来てくれた。

彼女とはじめて会ったのは小学生の頃。

最初の会話は、「二人とも名前に『花』がついてるね」という些細なことだったけれど、それからなぜかいつも一緒にいるようになった。

東京に引っ越してからも安花里とは連絡を取り続けた。やがて安花里もメイクの専門学校に通うため上京。彼女がメイクアップアーティストになってからも友人関係は続いている。

安花里は子供の頃から手先が器用だったし、決断力もあってなんでもテキパキとこなしてきた。彼女のクライアントには、有名な女優やモデルもたくさんいる。

身長は百七十二センチと高く、ガッチリした体格もしていて性格もやけに落ち着いているため、まだ若いのにクライアントたちからは「姉さん」と呼ばれているそうだ。

安花里を玄関まで見送ると、「大丈夫?」と心配そうな顔をされた。

わたしたちはお互いのことをなんでも話す仲だ。

わたしが三年ぶりに達也くんと再会することも、『あの秘密』のことも、安花里は知っている。

「うん」

「あんたはおっとりしてるように見えて、急に突っ走るところがあるから。思ったことはなんでも言うし……」

「大丈夫だよ。うまくやる」

わたしは笑顔をつくった。

少しわたしの顔を見つめていた安花里が、ニヤリと笑う。

「でもさ、ちょっと楽しみだね」

「なにが？」

「達也さんと会うの。大人の魅力が増してもっと格好よくなってんじゃない？　しばらく見とれちゃうかもよ」

わたしの憂鬱な気持ちに気づいて、和ませようとしてくれたのだろう。

彼女は昔から、こうしてわたしをよく気にかけてくれる。

「見ないよ。わたしも人の顔、みんな同じに見えるんだから」

「……あ、そっか。まあとにかく、困ったことがあったらすぐ言いなよ」

「ありがと」

「それでは――またのご依頼をお待ちしております。鈴木和花様」

安花里はおどけて頭を下げ、次の仕事現場に向かった。

元麻布にある家を出て、歩いて六本木ヒルズに向かった。

彼との待ち合わせ場所は、蜘蛛のオブジェ前。

連絡は一週間前にわたしからした。

彼のメールアドレスは変わっていなかったため、幸い今回はすれ違いが起きなかった。

その連絡をしたときに今日の服装を伝え合っていたから、待ち合わせ場所まで歩いて行くと、遠くからでもすぐに彼を見つけられた。

深呼吸する。

わたしはこれから、彼に嘘をつかないといけない。

絶対に『あの秘密』がばれないようにしないといけない。

そのためには、元気なわたしを見せないと。

――わたしならできる。

彼のもとに歩いていったわたしは、元気よく声をかけた。

「達也くん！」

彼がわたしの顔を見る。

「……和花ちゃん？」

三年振りの彼の声。

「そう、わたしだよ」

わたしは前髪を上げ、額にあるほくろを見せた。

彼は口元を大きくゆるませ、

「……やっと会えた」

すごく安心したような声を出した。

　わたしたちは六本木ヒルズのスターバックスに移動した。

「一年半前、君が事務所を辞めるってテレビのニュースで見たときは驚いた。今はロサンゼルスで女優をしてるんでしょ？」

「うん。あれからいろいろあって、もっと広い世界を見ようと思ったんだ」

「向こうでは上手く行ってるの？」

　わたしは首を傾け、「うーん」とうなった。

「なんとかってとこ。最初は大変だったけど、やっと最近オーディションに受かりはじめてきた」

　彼がわたしの顔を見つめる。

「どうしたの？」

「和花ちゃん、ちょっと雰囲気変わった？」

「そうかな？」

「前も明るかったけど、あの頃より声が弾んでるっていうか、ハキハキしてる」

「……あっ、そうかも。向こうだと、ぜんぶ一人でやらないといけないから自然とそうなったかも」

「自分から意見を言わないと、通用しないって言うもんね」

「そうそう、消極的だと相手にしてもらえないのよ。だから新しい人生哲学もできた」

「どんな?」

「『考えるよりも、まず行動』。よく言われてることだけどね……君は小説家に転身したんだね。本屋さんで君の本を見つけたときは驚いた」

彼は二年前に有名な新人賞を受賞して、小説家に転身した。

綺麗な顔も注目されているため、彼の名前をネットで検索すると授賞式の顔写真がたくさん出てくる。

「ぜんぶ読んだよ。わたし、本を読むのが遅いんだけど、君の本はおもしろいから早く読める。注目もされてるみたいだし、もう大先生だね」

冗談交じりに言うと、彼は首を横に振って顔を曇らせた。

「たまたま続けられてるだけだよ」

その態度が気になったので確認することにした。

「今は、書きたいものを書けてるの?」

「それはできてると思う」

「……よかった」

「いちばん完成させたい小説は、まだ書き終えてないけどね」

ちょっと照れたように言う。

『いちばん完成させたい小説』とは、二人のことを書いたあの私小説のことだろう。きっと彼は、これからのわたしたちの日々をそのまま小説に描こうとしている。

わたしは思い出す。

「三年前、あの小説を送ってくれてありがとう。三話目だけ加筆したんだね」

彼は恥ずかしそうに「うん」と視線を下げた。

「そういえば、あのあと妹に確認したんだ。僕たちの邪魔をしてたのは、やっぱりぜんぶ葉子だった」

「……またわたしと会うことは話してあるの？」

「言ってないけど、知ったとしても邪魔することはないと思う。一年くらい前に恋人ができて、最近、婚約したから。ちょっと前に二人で家に挨拶に来た」

意外だった。葉子さんはもっと彼に執着していると思ってたから。

けれど、これで二人の障害はなくなった。

彼の妹さんや、芸能事務所の社長に邪魔されることもない。

彼はきっと、わたしとこれから幸せな時間を過ごせると思っている。

……苦しい。

決心が揺らぎそうになる。

でもわたしは、わたしの決めた目標を達成させないといけない。

わたしはまた自分に言い聞かせる。

――わたしならできる。

「向こうでの和花ちゃんの話、聞きたいな。あと、あの小説を完成させるために昔の話もしたいんだ。それから――」

「提案があるの」

わたしが切り出すと、彼が戸惑いの表情を浮かべた。

「わたしたち――一年間、友達としてデートしてみない？」

彼が目を丸くする。

「わたしたちは本当の自分として会っていた期間が短かった。それに、あれから三年も経ったから二人とも変わったかもしれない。だからお互いを深く知り合って、一年後にこの人だって思ったら付き合う。どちらか一方でも違うと思ったら付き合わない」

「……」

彼が声を失う。

まさか、こんなことを言われるとは思っていなかったのだろう。

「……君の仕事はどうするの？」

「しばらく休業する。一度でいいから長い休みを取りたかったの。十五歳からずっと働いてきたから」

「……そう」

目を伏せて微笑む。戸惑っているけど、気丈に振る舞おうとしている。

「誤解しないでね。これは、お互いのことを考えた前向きな提案なの」

「……わかった。そうしよう」

彼はわたしを気遣うようににこっとした。

予想していたよりずっと早い返答だった。

三年前と同じだ。自分の気持ちに整理がつかなくても、わたしの気持ちを優先してとりあえず了承してくれたのだろう。

彼は、なにも変わっていなかった。


でも、わたしは変わってしまった。


ここにはもう、あの頃のわたしはいない。

彼から送られてきたあの私小説をなんどもなんども読んだ。

そしてはっきりとわかった。

彼にとって、鈴木和花の存在は生きる理由なのだと。

幼い頃から自分のことをいらない存在だと思ってきた彼は、なにかに寄りかかることで自分を守ってきた。はじめは妹さんのために頑張り、次に仕事を頑張ることで、やっとのことで呼吸することができていたのだ。

そしてようやく、三年前にそのままの自分を他人に認められた。

この三年、彼は今日のために生きてきたのだ。運命の相手と再会するために――。

それなのに、その相手が今日ここに現れなかったり、急に別れを切り出したりしたら？

本当の自分を否定された彼は、きっとどうにかなってしまう。

壊れてしまうと思った。生きることも嫌になってしまうかもしれないと。

だからこの方法が、彼をもっとも傷つけずに済むと思ったのだ。

わたしは決意をしていた。

わたしは彼と結ばれるためにここに来たんじゃない。

一年後に彼と別れるため、ここに来たのだ。


こうしてわたしたちは、『一年間の友達契約』をした。

わたしの目標は、彼を傷つけずに別れること。

再会した日の彼の様子を見て、やっぱりこの三年、彼はずっと運命の相手を想《おも》い続けて来たのだと思った。

これからは彼と距離をとって会い続けながら、最後にわたしから別れを切り出したら、彼のショックは少なくなる。

きっと、そのあとは、彼は一人でも生きていける。

そう思っていた。


けれど——いきなり想定外のことが起こってしまった。

再会した翌日から、彼と連絡がとれなくなってしまったのだ。

メールをしても返信がないし、電話も出ないし折り返しもなかった。

それから三日間、彼とは連絡が取れなかった。

もしかしたら——と思った。

——彼はわたしに、拒絶されたと思った？

もしも、あの提案を聞いたことで、「運命の相手に好きな人ができたかもしれない」と思ったら？

どうしていいかわからなくなってしまい、連絡を絶ってもおかしくない。

そう考えたわたしは、彼のマンションを訪れた。

再会した日、わたしは「またすれ違いが起きても会えるように」と、彼とお互いの住所を教えあっていたのだ。

彼のマンションは世田谷区《せたがやく》の住宅街にあった。

人通りがとても少なかった。執筆活動のために静かな場所を選んだのだろう。

インターホンを押しても出なかったので、彼が現れるまで外で待つことにした。

その日は現れなかったから、翌日も、その翌日も訪問した。

そして四日目の朝——ついに彼が帰ってきた。

顔色は青白く、表情も憔悴《しょうすい》しきっていて、ヒゲも伸びっぱなし。かなり疲れている様子だった。

「達也くん!」

わたしは彼に駆け寄る。

「今までどこに行ってたの?」

彼はわたしから目をそらし、生気のない顔のままマンションの入り口に歩いて行った。

急いで彼の前まで走っていき立ちふさがる。

「待ってよ! どうしたの?」

「……君は、僕と離れたいんだよね?」

わたしは絶句する。

「だから、あんなこと言ったんだよね。望みどおり離れるよ。ここで終わりにしよう」

彼はマンションに入った。

わたしは呆然《ぼうぜん》と立ち尽くす。

——嫌な予感が当たった。

彼はわたしの気持ちが離れたと思ってるんだ。
わたしの目的は彼と別れることだけれど、望んでいたのはこんな終わりかたじゃない。
彼をなるべく傷つけずに別れたいのだ。
言わないと。君を拒絶したわけじゃないと——。
しかし、インターホンを押しても、彼は出てこなかった。
わたしは、彼がマンションから出てくるのを待った。
その翌日も待った。
気がついたら、外には雪が降っていた。
大粒の雪がふわふわと舞い落ちてきて、アスファルトがみるみる白く染まっていく。
どんどん寒くなってくる。
そのうち、頭がぼーっとしてめまいもしてきたけど、気にしなかった。
とにかく頭の中で繰り返していた。
——彼を傷つけずに別れないと。彼を傷つけずに別れないと。
意識が朦朧《もうろう》としてきて足元がふらつき——目の前が真っ暗になった。
気づいたら、ベッドで横になっていた。
「大丈夫？」

達也くんが目覚めたわたしに心配そうな顔を向けてくる。

彼はわたしの寝ているベッドの横にある椅子に座っていた。

わたしは上半身を起こす。

「ここは？」

「近所の病院。倒れたんだよ。お医者さん、君がここ数日、なにも食べてなかったんじゃないかって言ってた」

ここ数日、彼のことが気になって食べ物もろくに喉《のど》を通らなかった。

そのせいで、体調を崩したのか。

「……ごめんね、ストーカーみたいな真似して。君は強いわたしが好きだったと思うから幻滅させたかも」

空気を和ませるため、おどけて言う。

けれど、彼は厳しい表情のまま、

「もう、こんなことしないでいいよ。会うのはよそう」

深刻に告げてくる。

言わないと……彼に言わないと。

「わたしがあなたのことを、もう好きじゃないと思ってるんだよね？　違うよ。あれは、本当に前向きな提案なの」

「……」

彼は、わたしの言葉を信じられないかもしれない。

信じてもらうにはどうしたらいい？　完全に信じてもらえなくていい。せめて、少しでも安心してもらうにはどうしたらいい？

考えていると――自然に発していた。

「わたしは――わたしは君を信じた。でも君は、わたしを信じないの？」

彼がわたしの顔を見つめる。

「……なんで……なんでその声で、そんなこと言うんだよ」

その目から涙があふれ出て、頬を伝った。

そしてそのまま、顔に手を当てて泣きはじめてしまった。

その姿を見たわたしも、耐えきれずに泣いてしまう。わたしは我慢できず、ゆっくりと彼に手を伸ばす。

――いけない。この手を伸ばしたら、彼との別れがつらくなる。

わたしは彼とは離れないといけないのだ。それなら、これ以上、距離を詰めてはいけない。

それがわかっていたけど、耐え切れなかった。

わたしは、彼を抱きしめてしまった。

「誤解させて、本当にごめんなさい」

彼の気持ちを軽く考えていた。

わたしが思うよりずっと、彼の気持ちは大きかったのだ。

それに、やっぱり……わたしも。

わたしも彼のことが、なによりも大切だと気づいた。

別れを決めた理由は、気持ちが離れたからじゃない。別の理由があるのだ——。


三月。

わたしは達也くんと一緒に新幹線に乗って、ある場所に向かっていた。

あれから彼とはなんどかデートを重ねていたけれど、あの雪の日以来、彼が心から笑っている顔を一度も見たことはなかった。たまに笑うことはあっても無理をした作り笑顔で、いつも元気がなかった。

たぶん、わたしが『一年間の友達契約』を提案したから。そしてわたしが彼に、よそよそしい態度をとり続けているからだろう。

彼はわたしに好きな人ができていないとは思っているかもしれないけど、わたしの気持ちが以前より離れているとは確実に思っている。あんな提案をしたのには、なんらかの理由があると思っている。

でもわたしは、彼とどう接していけばいいのか、わからなかった。

彼との距離を縮めてしまったら、今よりもお互いにもっと好きになる。そうなると、別れがつらくなる。きっと深く傷つけてしまう。そんなことを考えてしまい、どうしたらいいのかわからないまま過ごしていた。

そんな中、彼から意外な場所に誘われた。

浜松。

あの私小説を完成させるため、改めて浜松を取材したいという。

当時行ったスポットの名前や情景描写に間違いがないか確認したり、そのまま描くかはわからないけど、わたしたちと過ごした日々を細かく思い出したいため付き合ってほしいとお願いされたのだ。

取材の期間は一泊二日。宿泊するホテルは手配してくれるという。

もちろんわたしたちは別室に泊まるけど、当時行った場所をなるべくたくさん回りたいため、それくらいの時間がかかるということだった。

わたしは迷わず了承した。

あの小説は今でも彼に完成させてほしいし、彼の力にもなりたいから。

昼過ぎに浜松駅に降り立ったわたしたちは、当時、三人で行ったスポットをめぐった。

わたしはそれぞれの場所で明るく当時の話をしたけど、彼はずっと元気がなかった。


夕方になり、有楽街商店街に到着した。

カラオケボックス前に行く途中、書店の前を通りかかると「夏目達也」という文字が目に入った。

彼を誘って書店に入ると、入口近くに、彼の最新作が大量に平積みされていた。

ポップには、『文壇の貴公子、夏目達也』という文字。

「君の小説、注目されてるみたいだね」

わたしは喜んだけど、彼は寂しそうに笑った。

「注目されてるのは、内容じゃないから」

謙遜《けんそん》しているのではなく、本気でそう思っているように見えた。

そういえば——再会した日も同じようなことを言っていた。

小説のことを褒めると、自信なさげに、「たまたま続けられてるだけ」と。

ネットに出回っていた彼の写真は授賞式のものだけで、ほかに顔出し取材を受けている様子はなかったけど、彼は美形だからどうしても容姿が注目されてしまうのだろう。

ただ、彼の小説は、内容もちゃんと評価されているのだ。

わたしも全作読んで本当におもしろいと思ったし、世間の評価も同じ。

SNSで彼の小説のタイトルを検索すると好意的な感想がたくさん出てくるし、通販サイトのレビューも良い感想ばかり。

自己評価と世間の評価がかけ離れていることに違和感を覚えた。

「君の小説、好評だよ。読者の反応とか知らないの？」

「書評やネットの感想は見ないようにしてるんだ。前に厳しい感想を見つけたことがあって、しばらく書けなくなったから」

無理もないかもしれない。

幼い頃にお母さんが消えて、そのあとも誰もそのままの自分を認めてくれなかったから、否定されたら普通の人以上に傷ついてしまうし、自信も持ちにくいのかも。

彼を励まそうと思った――けど、寸前で言葉を飲み込む。

彼とは別れることを決めている。

これ以上踏み込んだら、もっと好きになってしまう――。

書店を出たわたしたちは、カラオケボックス前に着いた。

わたしは明るく言う。

「ここではじめて君と会ったんだよね」

「うん、声をかけようと思ったら、先に話しかけられて」

彼がなつかしそうに微笑む。

「あのときは文花を探してて。リボンを自分で外してたから見つけられなかったの」

当時を思い出して、胸がチクリと痛んだ。

「リボン？」

「見失ってもすぐに見つけられるように」

彼が腑に落ちたような顔をして、

「だからいつもつけてたんだ」

「あの子、今も持ってるのよ。わたしがあげたものはなんでも」

「文花ちゃん、もう二十三歳なんだね」

「今はロサンゼルスにいるの。わたしが向こうに行くときについてきて、今も残って働いてる」

「そうなんだ」

「……そうだ、文花から君への伝言を預かってるんだ」

彼がなに？　という顔をする。

「あのね……あのとき、ありがとうって」

彼はなにかを思い出したような顔をした。

「……学校？」

「そう。君のおかげで、あのあと行けるようになったの。今でもたまに言うのよ。『玲央くんと会ってからわたしの人生は変わった』って」

「大げさだよ」

「そんなことないよ！　文花、今でも言ってるよ。君と出会わなかったらどうなってたかわからないって。わたしにとっても君は特別な存在――」

いけない。

こんな言いかたをしたら、彼を今でも好きだと思われてしまう。

笑顔で話を変える。

「次はOZに行かない？　そのあとは隣のガストでごはん食べて――」

「ごめん。今日はもうホテルに行っていいかな。夕飯も別にすませよう」

彼が気まずそうに言った。

今日、わたしがどんなに話しかけても、ずっと元気がなかった。

きっとわたしのせいだ。わたしが、一年間の友達契約を提案したから。

「わたし、どうすればいい？」

ついに耐えきれなくなり、言ってしまった。

「わたしがあんな提案したから距離をとろうとしているんだよね？」

すると彼は焦ったように、

「違うんだ。久しぶりの浜松だから、余計なことも思い出しちゃって食欲もなくて……勘違いさせたなら、ごめん」

……勘違い？

犯罪を手伝っていたことも思い出したから、単純に疲れただけだったんだ。

……バカみたい。一人であれこれ考えて、勝手に思い違いして。

わたし、なにやってるんだろう。

「こっちこそ、ごめん。考えすぎて……」

彼は、顔をほころばせた。

「君は、今の君のままでいてくれたらいいよ。最近、僕に気を遣いすぎてる気がするから」

「……」


その夜、わたしは彼の手配してくれたホテルの部屋で一人考えていた。

——これから彼と、どうやって会っていけばいいのだろう。

彼と別れることは決めている。

だから、彼を傷つけないために、距離をとりながら会い続けて最後に別れることがいいと思っていた。

けれど、本当にこのままでいいのだろうか。

このままの状態で会っていたら、本当に彼を傷つけないことになるのだろうか。

……なんだか違う気がする。

彼は明らかにわたしに「友達契約」を伝えられてからずっと元気がない。

わたしが曖昧な態度をとっているから、わたしの心が離れたと思っている。

それに、わたしは今の状況が、すごく気持ちが悪い。

たぶん、彼のことを好きだからだ。その気持ちを隠しているなんてわたしらしくないからだ。そのせいでギクシャクしているし、彼に気も遣わせている。

すでに今、彼を苦しめているのだ。

このままの関係を続けたら、ずっと彼を苦しめるのかもしれない。こんな状態のまま九ヵ月後を迎え、彼に別れを切り出しても深く傷つけてしまうことは変わらない気がする。

……だけど、わたしは彼とは離れないといけない。

どうしてもそうする理由があるのだ。

だったら、どうしたらいいのだろう？

わたしは彼を少しでも傷つけずに別れないといけないのだ。彼が、おかしくなってしまわないように。二人の想い出《おもで》を早く忘れられるように。一人でも歩いていけるように。

一人で……。


そうだ。

わたしの考えかたは、間違っていたのかもしれない――。

翌朝、ホテルの一階に行くと、ロビーのソファに座って待ってくれていた彼を見つけた。わたしは彼に、「達也くん！」と元気に声をかけ、プリントアウトしておいた数枚の紙を手渡した。

「これ、君のいちばんのファンから」

「……手紙？」

「文花から。昨日、君と会ってるって連絡したら、どうしても渡してほしいって」

「手書きなんだ？」

「そのほうが気持ちが伝わるからって、スキャンしてメールしてきたの。読んでくれる？」

「うん」

彼は、その文面を読みはじめた。

玲央くんへ

お久しぶりです。鈴木文花です。

お姉ちゃんからぜんぶ聞いて、本名は「達也くん」って知ってるんだけど、わたしの中ではやっぱり「玲央くん」だから、そう呼ばせてもらうね。

わたしは今、ロサンゼルスにいます。

お姉ちゃんに連絡をもらってすぐに書きはじめました。


はじめに、あのときのお礼を言わせてください。

わたしをもう一度、学校に行く気にさせてくれて、本当にありがとう。

あのときは、すごく苦しかったんです。

クラスのみんなにいじめられて、仲の良かった親友にも距離を置かれて、本当に誰も信じられなくなっていました。

そんなわたしの前に王子様が現れた。

それが、玲央くんです。

目の前で見せてくれた手品、本当に驚いた。魔法使いみたいだった。

実はわたし、あのときに玲央くんに一目惚《ひとめぼ》れしたんだよ。

玲央くんが格好良かったから好きになったわけじゃないよ。

あのときに見せてくれた笑顔がとっても優しくて、安心して好きになったの。

だからあの頃は、玲央くんに会える時間が楽しくて楽しくて、いつの間にか、他人を怖がることも自然になくなっていった。

〇Zの隣にあるガストでゆびきりしてくれたこと、覚えてますか？

わたしに「みんなに話しかけてみたら？」って言ってくれて、わたしが駄々をこねて「またいじめられたら？」って訊くと、「そのときは、おれが次の手を考える」って。

本当に心強かった。

あの言葉があったから、わたしはもう一度、学校に行けたの。

あの頃はお姉ちゃんもいろいろとアドバイスをくれたんだけど、行けなかった。

やっぱり好きな人に言われると違うんだよね。

子供だったとはいえ、女の子だから。

勇気を出して学校に行って親友に話しかけたら、彼女は泣いて謝ってくれた。

わたしがいじめられていた原因は、その子がいじめられていたのを助けたからなの。

でも今度はわたしがいじめられることになって、その子からも距離を置かれた。

よくある話だけど、わたしを助けたらまた自分がいじめられると思ったんだって。ずっと後悔してて、今さら謝っても許してもらえないと思って、わたしが学校を休んでいる間、悩み続けてたらしいの。

「これからは、困ったときには絶対に助ける」って言われた。

飛び上がるくらい嬉しかった。

今までの人生を振り返っても、いちばん苦しかったのはあの頃だった。

玲央くんはいつまでもわたしのヒーローです。

あと、遅くなったけど、小説家デビューおめでとう。

玲央くんの本、ぜんぶ持ってるよ。

いつも手元に置いてある。

玲央くんの小説、本当におもしろいです。

どの主人公も頑張ってて、どの物語にも救いがあって、優しくて美しい世界が描かれてて。

デビュー作から、いきなり泣きました。

本を読んで泣いたのは、生まれてはじめてだった。

そのあとも、新作を読むたびに泣かされています。

泣いちゃうけど、読み終わったあとは、必ず暖かい気持ちになって、勇気が湧いてくる。

わたしも頑張ろうって思える。
そんな、前向きな気持ちにもなれるんです。
だから玲央くんは、あのときだけじゃなくて、今もわたしを救ってくれてるんだよ。
わたしの友達も、みんな同じような感想を言ってる。
同じような気持ちになってる人は、ほかにもたくさんいると思う。
これからも、新しい本が出たら絶対に買います。
ずっと応援してるね。

玲央くんのいちばんのファン、鈴木文花より。

P.S.
お姉ちゃんには、この手紙を先に読んでほしいと伝えてあります。
わたしたち姉妹には隠しごとはなしだから。
お姉ちゃんと仲良くしてあげてね。

彼は、文花の書いたその文章を読みはじめてからすぐに泣いてしまった。

恥ずかしそうに涙を拭きながら笑って、また読みはじめた。

その姿を見たわたしも、もらい泣きしてしまった。

昨晩わたしは、彼と今後どう付き合っていけばいいか考え、一つの決断をした。

それは、『あと九ヵ月、精一杯、彼の力になり続ける』こと。

わたしたちは別れないといけない。その結果は変えられない。どうしても変えられないのだ。

それなら、彼の力になればいい。

わたしと離れても、一人になっても大丈夫なくらい、彼の力になればいいのだ。

彼が、一人でも歩いていけるように。わたしたちの距離が縮まって、たとえお互いをもっと好きになってもいい。わたしに別れを告げられても大丈夫なほど、彼に強くなってもらえばいいのだ。

だからもう、距離を取るのはやめて、なにも考えずに彼の力になる。

それが、彼の言う「君のままでいてくれたらいい」という望みにもつながる。

なにより、わたしが彼の力になりたくて、しかたがないのだから。

文花のメッセージを読み終えた彼は言った。

「ありがとう……って、文花ちゃんに伝えてほしい」

彼は笑った。

あの雪の日以来、はじめて彼の心からの笑顔を見たような気がした。


六月。

あれ以来、変に距離を意識しなくなったわたしは、以前よりも自然な態度で達也くんと接することができていた。

そのせいか、彼も以前とは違って楽しそうな笑顔を見せてくれることが増えていた。

そんなある日、彼と広尾《ひろお》でランチをしているとき、わたしは彼に訊いた。

「君の獲った新人賞の授賞式、もうすぐあるんだよね？」

彼が二年前に受賞した新人賞の今年の受賞者が決まったという記事を、たまたま昨日の新聞で見つけたのだ。

「うん。今年は応募数も多かったみたいだから、どんな作品なのか楽しみ」

ふと気になった。

「授賞式って、過去に受賞した人も出席するの？」

「基本的には自由。毎回、招待状が送られてくるよ」

彼の性格を考えると、受賞者にお祝いを言うだろうと思った。

「君も行くんだ?」

「行きたいけど……一度失敗してるから」

「失敗って?」

「自分が受賞した翌年に出席したとき、前年に声をかけてくれた先輩作家たちから話しかけられても、ほとんど誰だかわからなかった。きっと失礼なやつだと思われてる」

顔がわからない体質を持っていると、こういう場面で苦労をする。

普段からよく会っている人なら、声や話しかたなどの特徴が記憶にインプットされているため誰なのかわかる。初対面の人でも、少人数ならその場で服装や髪型を覚えれば、その後もなんとか判別できる。けれど、今回の彼のケースのように、滅多《めった》に会わない人と再会するときには判別が難しい。

顔以外の特徴は記憶に残っていないし、たとえ残っていたとしても、一度に会う人数が多すぎるから混乱してしまって誰だかわからない。そもそも、一年ぶりだと服装や髪型も変わっているから、その記憶もあてにできない。

だから、この体質を持っている人がパーティーなどに出席する場合は、他者のサポートがあるとかなり助かるのだけど——。

「体質のこと、まだ誰にも話してないの？」

彼は微笑みながらうなずいた。

「本当は先輩の作家さんとも話したいし、今年受賞した人にもお祝いを言いたいんだけど……僕も先輩に『おめでとう』って言われたとき、すごく嬉しかったから」

「それじゃ、作家さんの友達とかいないんだ？」

「残念ながら」

寂しげな笑顔を見て、胸が締めつけられる。

今もまだ、彼は顔の見えない体質に足を引っ張られていた。

わたしはこの不条理な状況に納得できなかった。なんで彼が、こんな思いをしなければならないのだろう。誰よりも他人を思う人なのに、失礼な人だと思われるなんて悔《くや》しかった。

だからつい、言ってしまった。

「……体質のこと、言ってみない？」

彼が困惑したような顔をする。

「担当編集さんに打ち明けて作家さんの名前を教えてもらえば間違えないし、作家さんにも打ち明けたら誤解も解ける」

暗くならないようなるべく明るく提案すると、彼は苦笑いした。

「容姿が注目されてただでさえ奇異な目で見られてる。これ以上、作品以外で注目されたくないよ」

彼は自分が物めずらしい存在に見られることを嫌がっている。でも――。

「関係ないよ。君の小説はおもしろいんだから。文花も言ってたでしょ？　きっと出版業界の人も作品自体を認めてくれてる」

「子供の頃にばれたときは、誰にも理解されなかったし、いじめられた。そのときのことをまだ覚えてるから……」

「わたしも学校でからかわれてからずっと隠してたけど、女優をはじめてから監督や共演者に打ち明けたの。みんなわかってくれたし助けてくれたよ？」

「君と違って僕の仕事は隠してもやっていける。わざわざ言う必要はないよ」

彼が語気を強める。

……違う。そういうことを言いたいわけじゃないのだ。

「仕事はしていけると思うよ。でも君は授賞式に出たいんだよね？　今の状況に納得できてないんだよね？　こういうのって逃げれば逃げるほど追いかけてくるから、どこかで向き合わないと――」

「君と僕は違う」

これまで聞いてきた中で、最も冷たく尖った彼の声だった。

そして、

「君には……わからないよ」

彼はなにかを諦めるように言った。

「……ごめん」

わたしが謝ると、「あっ」と彼は口元をゆるませ、

「いや、ごめん。たしかに逃げるのは良くないよね……今年受賞した人には挨拶するよ。でも、そのあとはすぐに帰る」

ショックだった。

胸に深く突き刺さったのだ。『君にはわからないよ』という言葉が。

わたしは無理に明るく振る舞う。

「時間が経ったせいかな。それとも海外生活が長かったせいかな。わたし君のこと、ぜんぜん理解できてないね」

三年前までは、同一人物だと分からなくて物理的にすれ違っていたけれど、今は心がすれ違っている。

また、失敗してしまった。

最近は上手く行っていたと思っていたのに。

改めて、わたしたちの間には大きな距離があると思い知らされた。

「はぁ？　そんなこと言ったの⁉」

その夜、仕事帰りにわたしの家に寄った安花里に怪訝《けげん》な顔で言われた。

「……まずかったよね」

「そりゃそうだよ。夏目達也と鈴木和花は違う。顔がわからない体質は一緒だけど、育った環境も性格も違うのよ。彼が簡単にカミングアウトできるわけないじゃん」

「だよね……」

わたしの落ち込む顔に安花里が気づき、困ったように笑った。

「まぁ、しょうがないよ。あんた向こうに行ってから、以前にも増して思ったことそのまま言うようになったし。彼の力になりたくて言ったんだから、これはしょうがない」

「体質をカミングアウトすることが、彼にとってどれほど嫌なことなのか……考えが足らなかった」

「うん。たぶん、言うなら死んだほうがマシくらいに――」

そこまで言ったところで、安花里ははっとして、

「ごめん」

申し訳なさそうな顔で謝ってきた。

わたしは首を横に振る。

「わたし、なんで彼を理解できないんだろう……」

溜《た》まっていた気持ちを吐き出した。

「あの小説をなんども読んだ。彼は、『僕を理解しているところが好きだ』って書いてた。けど今は、わたしはずっと彼のことをわかってない」

そう——わたしはいつも彼をわかっていなかった。

再会してからずっと。

一年間の友達契約を提案したときは、彼があれほど落ち込むとは思わなかったし、浜松に行ったときは勝手な勘違いもした。今日も彼の気持ちがわかってないから傷つけてしまったのだ。

どうしたら彼をもっとわかることができるのだろう?

考え込んでいると、安花里は言った。

「とりあえず、あんたが今いちばんしたいことは、達也さんに体質のことで悩んでほしくないってことだ」

「……うん」

安花里がわたしの考えを整理してくれたから、自分のやりたいことが見えて少しスッキリした。安花里はお客さんにメイクをしている最中、よく恋愛相談をされるそうだ。そのためか、人の相談に乗るのが上手い。

そう。わたしは彼に、もう体質のことで悩んでほしくない。

彼の力になることを目標にしている今、わたしはなによりもそうしたいのだ。

安花里と一緒に、彼の問題を解決する方法を考えた。

けれど、答えはなかなか出なかった。

彼にカミングアウトを強要することはできない。この体質は手術で治すこともできない。だから、なんとか体質のことを隠したまま、どんな人でも判別できる方法が見つかればいいのだけど、わたしたちはその答えをずっと見つけられなかった。

いつの間にか、安花里の終電時刻が迫っていた。

最後まで答えは出なかったけど、安花里に協力してもらって心が軽くなった。

帰り際、安花里に言われた。

「そういえば、さっきの話、そこまで気にすることないと思うよ」

「どの話？」

「彼を理解できないって話。他人のことわからないなんて当然だから。正直、あんたの『一年間の友達契約』のことも、ぶっとんだ考えすぎてわたしにはついていけてないし」

「……うん」

「あっ、でも……わたしはあんたを理解しようとしてるよ。だから今日もずっと話に付き合ってたんだから」

「……ありがとう」

安花里はわたしを理解しようとしてくれている——。

それがわかったとき、心の底から嬉しくなった。彼女と友達で、本当によかったと思った。

と、そのとき——わたしは気づいた。


一週間後。

わたしは授賞式が行われるホテルの前で達也くんと会う約束をした。

待ち合わせ時刻は、式が始まる二時間前の午後五時。

結局、こんなギリギリになってしまった。

待ち合わせ場所に行くと、スーツ姿の彼を見つけた。「達也くん！」と元気に声をかけると、彼はすぐにわたしだとわかった。

「急にごめんね。これ、良かったら読んでほしいの」

わたしは彼にある資料を手渡した。

「これは？」

「先輩作家さんたちの新作のあらすじと感想。一作につき一枚ずつまとめたの」

彼は目を見張り、資料をめくりはじめた。

「四十作って……今までの受賞者の新作、ぜんぶ読んだの？」

「わたし読むの遅いから、ギリギリになっちゃったけど」

彼はあっけにとられている。

「あのね……授賞式、最後まで出てほしいんだ」

わたしは切り出した。

「パーティーで人を判別する方法を考えたけど、結局思いつかなかったの。だから、また先輩に声をかけられても誰だかわからないと思う。声をかけてくれた人の中には、君を失礼だと思う人もいるかもしれない。けどね――『その先』があると思ったの」

「……えっ？」

彼はひどく驚いた顔をした。

「これって、お互いの理解の話だと思うんだ。君はまた、一度は失礼な人だと思われるかも。けどそのあとに新作の話をすれば喜んでくれると思うの。小説ってきっと作家さんそのものだから、『自分を理解しようとしてくれてる』ってわかったら嬉しいと思う。そしたらすれ違いもなくなって、君への誤解もとける」

彼はなにも言わない。気持ちがわからない。また余計な提案をしているかもしれない。

それでも、わたしは続けた。

「今回だけじゃない。この体質はどうすることもできないから、この先も一度は誤解されるかも。ただ、そのあとに歩み寄れば誤解は解ける。だって、君は失礼な人なんかじゃないから。少し話せばすぐにわかってもらえる。だから、これからはそんな考えかたをしてみるのは……どうかな?」

「……」

「もうぜんぶ読む時間もないかもしれないけど……置いてくね」

相変わらず無言の彼を見て、焦りはじめる。

この場から消えたい——。けれど、最後にこれだけは言わないと。

「あとね、わたしもこの先、君をもっと理解できたらいいなって思ってる。今はできてないかもしれないけど、いつも……理解しようと思ってるよ……じゃあね」

わたしは逃げるようにその場をあとにした。

家に帰ったわたしは、ずっと後悔していた。

——また、失敗した。

彼は明らかに戸惑っていた。

その理由を考えていたら、自分の提案したことの穴がどんどん見えてきた。

素人のわたしが書いたあらすじや感想なんて信頼できないだろうし、あの資料を読む時間があっても、四十作品もの内容を覚えるのも難しい。そもそも彼は、先輩を間違えること自体が嫌なのかもしれない。その先を考える余裕なんてないのかもしれないのだ。

なにより、小説を読んでいないのに先輩たちに感想を伝えることは、彼に嘘をつかせることになる。彼はずっと他人を演じてきた。本当の自分のこともよくわからなくなるほどに。もう嘘なんてつきたくないはずだ。

今のわたしも、『あの秘密』を隠して、彼に嘘をついていることがつらい。普段はその感情を無視しているけど、ずっと罪悪感を感じてきたのだ。同じような思いを彼にさせたくない。

……間違っていた。

とにかく必死で行動していたときは気づかなかったけど、今回は「考えるよりも、まず行動」という新たな人生哲学があだになった。

……また、わかってないと思われたかも。愛想《あいそう》をつかされて、心を閉ざされたかもしれない。そうなったら、もう彼の力にはなれない――。

と、スマホが鳴った。

電話をかけてきた相手の名前を確認したわたしは、急いで出る。

「もしもし?」

「……和花ちゃん?」

達也くんの声。

「あ、うん」

「今、家に帰ったところなんだ」

どうやら、怒ってはいないみたいだけど――まだ彼の気持ちがわからない。

「……そうなんだ」

部屋の時計を見る。

午後十時。知らない間にこんなに経っていた。授賞式は午後七時からだったはず。どっちだろう。すぐに帰ったのか、残ったのか。

思っていると、

「ごめん。あの資料、せっかく用意してもらったけど使わなかった」

……やっぱり。

また力になれなかった。

「ううん、いいの。こっちこそ余計なことして――」

「違うんだ……言ったんだ」

「……なにを？」

「人の顔がわからないこと、担当編集さんに言った。彼に会場で作家さんたちの名前を教えてもらって、間違えずに挨拶ができた」

言った？

彼が自分の体質のことを誰かに言った？

なんで――

「どうして……どうして言ったの？」

興奮したわたしは、つい早口になってしまう。

「どうしてだろう……あの資料を見たら、なぜだか勇気が湧いてきて……ただ、言ったのは担当編集さんにだけ。今はこれで精一杯だから」

わたしは首を大きく横に振る。

「すごいと思う」

「担当編集さんに『秘密にしてもらえますか？』って言ったら、『絶対に秘密にします。なんでもっと早く言ってくれなかったんですか』って言われた」

「うん」

「大人になって誰かに言ったのははじめてだったから、やけにすっきりして興奮してる。君のおかげ。ありがとう」

「……ううん」

彼が言えた。誰にも打ち明けられなかった体質のことを。

ずっと苦しめられてきた呪いから解放されるために、一歩踏み出したのだ。

涙がこみ上げてきたけど、我慢した。

こんな楽しい話をしてるのに、湿っぽくしたくない。

「じゃあ。その報告だけしたかったんだ」

「わざわざ、ありがとう」

「こっちこそ。また」

「また」

電話を切る。

わたしははじめて、彼と少しだけ通じ合えた気がした。


九月。

麻布十番《あざぶじゅうばん》で達也くんと食事したあと、店を出たときに言われた。

「今度の日曜、水族館に行かない？」

「いいよ。また取材？」

今まで彼としてきたデートは、一緒に食事に行くか、彼の私小説の取材だけだった。

彼が当時のことを思い出すため、三月に行った浜松のほかにも、あの小説に書かれていた東京のデートスポットにも行ったことがあった。

「いや、新刊の小説を書き終えたから、息抜きしたいんだ」

息抜き……つまり、普通のデート。

彼からはじめて、ちゃんとしたデートに誘われた。

「行きたい。水族館、好きなの？」

「リラックスできるから、書き終わるといつも行ってるんだ。あっ、こないだの飲み会に参加したら、似たようなことをしてる先輩もいたんだよ」

「先輩作家たちの飲み会？」

「うん。その作家さんは植物園なんだけど、やっぱり頭が空っぽになるからって」

彼は嬉しそうに言った。その姿を見たわたしも嬉しくなる。

授賞式の一件以来、彼はまた明るくなった。

最近は先輩作家たちの飲み会によく誘われるそうだ。

その飲み会で、彼はまた一歩進んだ。

顔のわからない体質のことを先輩たちに打ち明けたのだ。

担当編集さんに奇異な目で見られなかったから、言ってみる気になったという。

先輩たちは、興味深く彼の体質の話を聞いていたらしい。そしてそこから、なぜか全員で不幸自慢大会になったそうだ。彼と同じ体質の先輩はいなかったけど、問題のある家庭で育ってきたり、大きなコンプレックスを抱えながら生きてきた先輩が多かったらしい。

彼が驚いていたら、ある先輩からこう言われた。

「幸せな人間は作家になろうとしないと思います。みんな、デビューしたときにやっとマイナスからゼロになって、スタート地点に立つんですよ」

その先輩によると、作家に向いているのは苦しい人生を送ってきた人だという。なにかしらの飢餓感があるから、自然とそれを表現したくなるのだと。さらに話すと、ほとんどの先輩たちは、彼と同じように自分の小説の批評を読んでいないことが判明した。嫌なことが書いてあると落ち込んで筆が進まなくなるから、と。

彼は先輩たちに「君と話していると楽しい」と言われるそうだ。先輩たちと会っていると、彼もほっとするという。体質をカミングアウトしてからは、担当編集さんとの打ち合わせも、以前とは比べものにならないほど楽しくなったようだ。「前はもっと壁があって雰囲気が張り詰めていた。これからは以前にも増していい小説が一緒につくれそう」と言われたらしい。

彼はその話をわたしにしてくれたとき、「やっと自分の居場所を見つけられた気がする」と言っていた。もしかしたら彼は、生まれてはじめて、本当の仲間を見つけられたのかもしれない。

二人で駅まで歩いている最中、三ヵ月前のことについて改めてお礼を言われた。

「体質のこと言ってよかった。隠しごとをしていたら、自分も他人も幸せになれない」

そう聞いたとき、抑えていた罪悪感が湧き上がってきた。

わたしは、ずっと彼に隠しごとをしている。『あの秘密』を打ち明けてはいない。つい考えてしまった。

――彼に真実を言ったら、どうなるだろう？

でも、すぐに頭からその言葉を追い出した。

わたしは彼に、真実を打ち明けることはできない。嘘はよくないことくらいわかってる。けれど、それを言ってしまったら彼を深く傷つける。ときには人を守るために、嘘が必要なこともあるのだ――。

わたしたちは麻布十番駅前で別れた。

そして元麻布の自宅に向かって歩きはじめると――目の前に女性が立ちふさがった。

背が高くすらっとした、髪の長い女の人だった。

彼女はわたしに言った。

「どういうこと？　なんであなたが達也と会ってるの？」

敵意をむき出しにした、尖った声。

……誰？

一瞬考えたあと、彼女が誰なのか予想がついた。

彼女とちゃんと会ったことはなかったけど、その風貌や声や話しかたが、あの小説に登場していた彼女のイメージとぴったり一致したから。

それに、こんなことが起こるかもしれないと、心のどこかで思っていたのだ。

これまで彼女がしてきたことを考えると、このまま黙って引き下がることはないだろうと。

わたしは確認する。

「あなたは？」

「夏目葉子、達也の妹。わたしも達也にはひどいことをしてきたけど、あなたの今していることも、人として許されないわよ」

わたしたちは近くのカフェに入って話した。

驚くべきことに、葉子さんはわたしが達也くんに隠している『あの秘密』を知っていた。

「どうやって知ったんですか？」

「鈴木和花は達也にとって特別な存在だった。だから以前からいろいろと調べてて、芸能事務所を辞めたあとも動向を探ってたの。けど驚いたわ。まさか、あなたが達也と会ってるとは思わなかった」

葉子さんは大学卒業後、出版社で週刊誌の編集者をしていたはずだ。

『あの秘密』は一部の人しか知らないけど、彼女は取材のプロだから、なにかしらの手段を使って真実までたどり着いたのかも。

これ以上は隠し通せないと思ったわたしは、すべて正直に打ち明けた。

聞き終わった葉子さんは言った。

「そういうこと……わかった。もう達也とは会わないで」

「そんな……彼のために会ってるんです。あと三ヵ月したら二度と会いませんから」

「今すぐ別れて。達也が傷ついても、わたしが支えるから心配ないわ」

その強い口調を聞いて、やっぱりと思った。あの小説を読んで、予感していたのだ。

「達也くんのこと——今でも好きなんですか?」

「だから?」

やはり葉子さんは、彼を忘れたわけじゃなかった。

「婚約者は? あなたは結婚するんでしょ?」

葉子さんは薄く笑った。

「破談になったのよ。本当のわたしを知ったから」

「本当の?」

「わたしの過去のことを言ったの。何不自由なく育ったお坊ちゃんだから、その話をしたらおじ気づいちゃって。でもおかげで気づけたわ。真実なんてものに価値はないって」

過去のこと?

彼女はなんらかの秘密を婚約者に言ったことで破談になった？

……どんなことを言ったのだろう。

犯罪を重ねていた養父に育てられていたこと？

達也くんと一緒に女の子たちを騙していたこと？

「とにかくもう会わないで。そうしなかったら、達也に『あの秘密』を言う」

「……彼は、今のわたしを好きじゃない。この先、好きになることもないと思います。だからもう少しだけ、待ってもらえませんか？」

「今のあなたに興味はないわ。でも、達也は過去の鈴木和花に幻想を抱いてるから、付き合う可能性もゼロじゃない。それに、このままわたしが黙っていても、達也はぜんぶ知ることになる」

「それ、どういう意味ですか？」

「高梨由衣香のことを嗅《か》ぎ回っているフリーライターがいる。この前うちの編集部に『裏が取れたら記事を買い取ってくれ』って言ってきたの」

わたしは動揺する。

「止めないと……」

「ほかには持って行かないよう頼んでおいた。裏が取れたとしても、個人的に買い取ってもみ消すつもり。ただ、必ずそうできる保証もない。この三年で高梨由衣香の知名度は下がったけど、センセーショナルな話題だから、買い手はほかにもいるだろうし」

葉子さんは会計伝票を手に取って立ち上がった。

「最後にひと言だけ。あなた、『達也のために会ってる』って言ってたけど、本当にそう？」

「……はい」

「本当に？　さっき達也と話していたときのあなた、すごく楽しそうだった」

葉子さんは店を出た。

店内に残ったわたしは、考える。

……どうしよう。

このまま彼と会っていたら、葉子さんは彼に真実を伝える。

もしも黙っていてくれたとしても、やがて週刊誌に報道される可能性もある。

ただ、今すぐ彼と別れたら、週刊誌のほうは葉子さんがなんとかしてくれるかもしれないのだ。

……それなら、その希望にかけて、彼に真実を隠したまま別れる？

葉子さんも『真実なんてものに価値はない』と言っていた。わたしは価値はないとまでは思わないけど、彼女の言い分もわかる。

彼のためを思うなら、知られてはいけない。ときには、ついていい嘘もあるのだ。

だけど、彼に別れを告げたら、彼が深く傷つく。

彼のために、今はまだ別れることはできない。

どうすればいいのだろう。

そのとき――ふと頭をよぎった。

……本当にそうだろうか。

最近の彼は楽しそうだ。以前よりもさらに笑顔が増えた。

顔のわからない体質をカミングアウトしたことで、彼の呪いは解けた。

今は似た境遇で生きてきた、似た感性を持った仲間たちもできた。

……もう、彼は大丈夫？

そう、大丈夫かもしれない。

わたしに別れを告げられても、彼は強く生きていけるかもしれない。けれど、なにかが引っかかっている。そうしたくない。

なんで？

なんでわたしは、彼と別れたくないの？

……葉子さんはさっき言っていた。

『さっき達也と話していたときのあなた、すごく楽しそうだった』と。

彼と一緒にいると、本当に楽しい。

最近は会っていないときも、いつも彼のことを考えている。

この九ヵ月で、わたしは以前よりも彼を好きになってしまった。

……葉子さんの言うとおりかもしれない。

彼のためと言い訳をしながら、この状況を利用していたかもしれない。

彼と会えなくなるのはつらい。

けれども、本当に彼のことを思うのなら、決断しないと――。


翌日。

彼のマンション前まで行ったわたしは、電話して彼を呼び出した。

外に出てきた彼に訊かれる。

「家に来るなんてめずらしいね。どうしたの？」

その晴れやかな笑顔を見て思った。

もう彼は、わたしがいなくても大丈夫だ、と。

決心した。

「……もう、会うのをやめたいの」

「どうして？」

彼は想像していたよりもずっと驚かず、冷静に問いかけてきた。

「約束まで三ヵ月あるけど、わかったんだ。この人じゃないって……」

なんども頭の中でシミュレーションしたけど、本心ではないからどうしても歯切れの悪い言い方になってしまう。最後まで言わないと。なるべく自然に。笑顔で。

「今まで楽しかった。本当にありがとう」

彼は険しい顔をしてわたしを見つめている。これ以上ここにいたら、決意が揺らいでしまう。

行かないと――。

「葉子になにか言われた？」

……なんで？

彼は葉子さんとわたしが会ったことを知らないはずだ。

「言われてないよ。彼女はわたしたちが会ってること、知らないんでしょ？」

「……ちょっと来てくれ」

彼はわたしの手を引き、マンションへと向かった。

彼の家のリビングに入ると、彼が電話して葉子さんを呼び出した。

わたしは帰ると言ったのだけど、

「葉子のために言うことがある。君にも聞いてほしい」

と止められたため、ソファに座って葉子さんを待つことになった。

数十分後、葉子さんが部屋にやってきた。

わたしの顔を見た葉子さんは、

「なんでこの子がここにいるの？」

怒りの目を彼に向ける。

「座ってくれ」

彼に言われ、葉子さんが渋々《しぶしぶ》ソファに座ってわたしと向き合う形になった。

わたしの隣に座った彼が口を開いた。

「葉子、もう僕たちの邪魔をしないでほしい」

葉子さんが呆れた顔をする。

「邪魔？　わたしは達也のために別れさせようとしてるの。今まではたしかに邪魔してきた。でも今度は違う。彼女ね、とんでもない秘密を隠してるの」

ダメ――。それ以上言ったら、彼を傷つけることになる。

「葉子さん」

「あなたは黙ってて！　そのことはわたし以外のマスコミも嗅ぎつけはじめてる。彼女ね――」

「聞きたくない！」

彼が止める。葉子さんは目をまん丸くした。

こんなに大きな声を出している彼をはじめて見た。

彼は一つ息を吐き、落ち着いて話しはじめた。

「昨日、お前の婚約者の岡本《おかもと》さんが相談に来た。お前に過去のことを打ち明けられたけど、どう言っていいかわからなくて曖昧な態度をとってしまったって。電話にもずっと出てないんだって？」

葉子さんは冷笑する。

「もうどうでもいいよ。わたしには達也しかいないってわかったから」

「……それは愛情じゃない。そう思い込んでるだけだ」

「……なに言ってるの？」

「お前は、僕だけは自分を受け入れてくれると思ってる。あの仕事をさせられていたことを知っても、僕が同じ態度で接してたからだ」

「あの仕事？　この子がいるからわたしに気をつかってるの？　わたしはなんとも思ってないからはっきり言ったら？　売りをさせられてたって！」

わたしは驚愕《きょうがく》する。

葉子さんはわたしに向かって話しはじめた。

「わたしね、中学生の頃にわたしたちの親代わりだった男に売りをさせられてたの。それを達也が助けてくれた。あなたはどう思う？　それで好きになるっておかしい？　思い込みだと思う⁉」

興奮しながらまくし立てる。

あの私小説に書かれていた。

葉子さんは達也くんの仕事を手伝う前、叔父に別の仕事をさせられていたと。

達也くんは葉子さんにその仕事をさせないため、女の子を騙すようになった。

けどあの小説には、葉子さんの仕事は『別の仕事』とか、『もとの仕事』と書かれていたから、わたしは彼女がやらされていた仕事の内容は知らなかった。

そんなこと、させられてたなんて――。

「お前は僕に依存してるんだ」

彼はつらそうに言った。

「子供の頃、次郎くんが僕にしてたこと覚えてるか？　包丁を僕に持たせて、自分の首を切らせようとしてた。なんであんなことをしたのか今なら少しわかる。僕に捨てられたくなかったんだ。僕を繋ぎ止めたくてあんなことをしてた」

「わたしも同じだって言いたいの？」

「やりかたは違うけど本質は同じだ。二十歳の頃の僕もそうだった。ずっとお前に夜の仕事をさせなかった。相手を尊重しないのは愛情じゃなくて依存だよ」

「違う！　わたしは達也が好きなの！」

「愛情を勘違いしてたせいで、僕はお前を縛り続けた。だからちゃんと言わないといけない……一度もはっきり言ったことがなかったよな？」

葉子さんの顔が恐怖で引きつった。

「……嫌。言わないでいいよ！」

「お前のことは妹としてしか見られない。もっと早く言うべきだった」

葉子さんは唇を震わせながら彼を見つめる。

その目から、涙が流れ落ちた。

「なんで今さら……この子の影響？」

葉子さんがわたしを見る。

「……そうだ。彼女のおかげで、体質のことを他人に言えた。隠しごとをしていたら、自分も他人も幸せになれない」

「……なんでこの子なのよ！　わたしのほうがずっと長くそばにいたじゃない！」

「お前が一緒にいるべき相手は、僕じゃない……岡本さん、言ってたよ。彼女は勇気を出して言ってくれたのに、どうしてあんな態度をとってしまったんだろうって。もう一度、彼とちゃんと話せよ。それでもダメなら、僕が兄貴としてお前を支えるから」

葉子さんは泣いた。近くにわたしがいることなんて関係なく、大声をあげて泣いた。

今までずっと彼の恋を邪魔して来たことについて、責める気にはなれなかった。彼女もまた、ずっと呪いに縛られてきたのだから。彼の『顔のわからない体質』のように、『忘れたい真実』という呪いに。

わたしは帰ることにした。

あの私小説でしか、わたしは二人の関係を知らない。けど実際は、十数年もの時間をともに過ごしてきたのだ。きっとわたしが思うよりも、はるかに複雑な関係だ。二人だけで話したいことも、たくさんあるだろうと思った。

わたしは、葉子さんがどんな答えを出すのか、待つことにした。

それから数日後——家に来客があった。

葉子さんだった。

上がってもらおうとしたけど、彼女は断って、玄関で用件を話しはじめた。

「あの記事はわたしが買い取った。ほかにも持っていかないよう念書も書かせたから心配いらない。達也にも話さないわ」

わたしは微笑む。

「……婚約者とは仲直りできました？」

「あなたに関係ないわ」

冷たく言い放つ。けど、きっと仲直りできたのだと思った。

彼女は憑《つ》き物《もの》が落ちたような顔をしていたから。

「それじゃ——」

と玄関から出ようとした葉子さんは、「あっ」と振り返った。

「最後にひと言だけ。なんでわたしが、達也とあなたが会ってるってわかったと思う？」

……なんでだろう。

彼女が『あの秘密』にたどり着いたとしても、わたしたちが日本で会ってることまではわからないはずだ。

「なんでですか？」

「達也、最近楽しそうだったのよ。あんな達也を見たのは今までに三回だけ。十五歳と二十歳と二十五歳の頃だけだった。だからあとを尾《つ》けたの」

「……どうして、そんなことわたしに話すんですか？」

「わたし、あなたに言ったでしょ。『真実なんてものに価値はない』って。もしかしたら、違う場合もあるかもって思ったの」

葉子さんは婚約者に真実を言うことで呪いから解放された。婚約者に自分のことをわかってもらえた。ただ、わたしが彼に真実を言ったら——。

「彼は、耐えられないと思います」

「耐えられないほどのショックは受ける。でも、最近の達也を見ていると、大丈夫な気がするの」

「……」

「あなたは先がないって思ってるようだけど、言ったらなにかが変わるかもしれない。まあ、どうするかはあなたの勝手だけど」

葉子さんが帰ったあと、彼に隠しごとをしているという罪悪感が、また浮かび上がってきた。

真実を言ったほうがいいのか、言わないほうがいいのか。

わたしはまた、迷いはじめてしまった。

十二月。

日曜の昼下がり、赤羽橋《あかばねばし》駅の改札をくぐると、彼の姿が見えた。

「達也くん！」

元気に声をかけ、彼と一緒に目的地へと向かう。

その途中、彼に訊かれた。

「最近、ちょっと痩せた？」

「……そうかな？」

わたしは笑顔で答え、ごまかした。

この日のデート場所は、東京タワー。今回のスポットを選んだのは彼だ。

最近は、二人で一回ずつ、交互にデートスポットを決めている。

彼は高所恐怖症だったけど、最近は高いところも苦手じゃなくなったそうだ。

カミングアウトしたことで、体質を抱えるきっかけになった高所への恐怖心もやわらいだのかもしれないと言っていた。

以前も彼に誘われて池袋のサンシャインシティの展望台に行った。そのときも楽しそうだった。

「東京タワー、はじめてなんだ」

彼が言う。

「わたしも。わたしは高いところ大丈夫だけど、定番の観光地って意外と行かないよね」

「だよね。意外と行かない」

「わたし、スカイツリーもまだ行ったことない。今度の場所はそこにしよっか？」

「……うん」

気まずそうに答える。

その態度を見て、思い出した。

「……そっか。三日後だったね」

そう、『一年間の友達契約』の最終日が、三日後に迫っていた。

わたしたちは主に週末にデートを重ねてきた。つまり、これが最後のデート。三日後にどちらかが別れを切り出したら、もう二人で会うことはないのだ。

わたしはこの一年、最後には彼と別れるつもりで過ごしてきた。けれど、葉子さんが家に来た日から、彼の言葉をずっと思い出している。

『隠しごとをしていたら、自分も他人も幸せにはなれない』

もしも、『あの秘密』を彼に言ったら、どうなるのだろうか？

彼が大きなショックを受けることは間違いない。

ただ、葉子さんが言ったように、彼はもう、その真実を聞いても大丈夫な気がする。

それなら、このまま別れてもいいのだろうか？

彼に嘘をついたまま別れることが、本当に正しい選択なのだろうか？

この三ヵ月、ずっとそんなことを考えていた。

東京タワーのチケット売り場に着き、彼と列に並ぶ。

冬休み時期とあって大勢の来場者がいた。わたしたちの後ろには、幼い兄弟がはしゃぎながら並んでいた。

順番を待っている最中、彼に電話がかかってきた。

彼は「ごめん」と、わたしに言って電話に出る。

「本当ですか？　ありがとうございます。はい、はい……」

嬉しそう。

仕事の電話だと思った。しかも、いい知らせ。

電話を切った彼は、また「ごめん」とわたしに言う。

「ううん、いいニュース？」

「うん。新刊の小説が、テレビで紹介してもらえることになったって」

三ヵ月前に書き上げた彼の新刊。すでに発売されている。

「ほんとに？　よかったね」

「……うん」

彼の笑顔が、ふと気になった。

笑っていたけれど、どこか元気がないように見えたのだ。

どこか無理をしているような……そういえば、最近、この笑顔をたまに見る。

……もしかして。

間違っているかもしれない。けど、取り越し苦労でもいい。

「あの小説、わたしも読んだ」

「……ありがとう」

彼が少し驚いたように言う。たぶん、このことをはじめて言ったからだろう。

わたしは小説に関して素人だし、彼は作品の批評についてはデリケートだから、小説の内容についてはあまり触れないほうがいいと思っていたのだ。

授賞式のときはそんなことも考えずに資料を持って行ってしまったけど、あのときの反省を生かして、今回はずっと黙っていた。

だけど、今は言ったほうがいいと思った。

「今までとは……違ってたよね？」

わたしは遠慮がちに言う。

「今までの五作は、綺麗にまとまっててプロっぽかった。けど今回は、君の感情がよく出てる感じがした。ちょっと荒々しかったけど、今までで……いちばんおもしろかった」

「……なんで、そう思ったの？」

やけに意外そうな顔。わたしにとっては、そのリアクションが意外だった。

「なんでって……なんとなく。あっ、ごめん、偉そうに。そんなつもりで書いてないかもしれないけど、読者に受け入れられるか、気にしてるかもと思って」

彼が笑みをこぼす。

「当たってる。今までと違って技術より感情を優先させたんだ。なるべくばれないように書いたつもりだった。担当編集さんも気づかなかったのに……こんな感覚、久しぶり」

「感覚って?」

「自分が……理解されてる感覚」

理解されている?

なにげなく言ったことだった。

わたしが……彼を理解できた?

数ヵ月前は、あれほど彼のことがわからなかったのに、やっと理解できた——。

それがわかったとき、すごく嬉しくなった。

そして、決心してしまった。

——真実を言おう。

わたしは彼を理解できている。

そして今わたしは、彼に真実を言おうか迷っている。今の彼なら、言ってもきっと耐えられると思っているからだ。そのほうが彼のためになると思っているのだ。それに、もう彼に嘘をつくのは耐えられない。本当のことを言ってしまったほうが楽になる。

大丈夫。わたしの考えは合っている。

彼に『あの秘密』を打ち明けよう——。

「あ、あのね——」

そのとき、

「次の方、どうぞ――」

チケット売り場の販売員さんが、わたしたちを呼んだ。

彼が「はい」と、財布をポケットから出して窓口に向かう。と、わたしたちの後ろにいた男の子が、彼にぶつかった。

彼が財布を落とし、中に入っていたカード類が地面に散らばった。

男の子の母親らしき女性が、「すいません」と謝ってくる。男の子も「ごめんなさい」と謝る。男の子は、弟とふざけていて彼にぶつかってしまったようだ。

彼が優しく男の子に「大丈夫」と言って、財布とカード類を拾おうとする。

わたしも一緒に散らばったカード類を拾おうとする。

その中に、一枚の写真があった。それを手にとったとき――言葉を失った。

「ありがとう」

彼に言われて、その写真を手渡した。

入場チケットを彼に買ってもらったあと、二人で東京タワーに入った。

展望台に向かう途中、彼に訊いた。

「さっきの写真って……」

彼は苦笑いし、バツが悪そうに言った。

「君と撮った写真。懐かしいでしょ?」

そう、あの写真だった。

彼が十五歳のとき、ガストで撮影した二人の自撮り写真。

「ずっと持ってたんだ?」

「うん」

「……いつも持ち歩いてるの?」

「うん」

「……顔がわからないのに?」

「……うん」


三日後——答えを出す日がきた。

待ち合わせ場所は、一年前に彼と再会した六本木ヒルズにある蜘蛛のオブジェ前。

この三日、どんな答えを出したらいいのか、ずっと考えていた。

そして決断した。

あの写真を見たとき、わかってしまったのだ。

彼が最も愛していたのは、十五歳の鈴木和花だったと。

その証拠は、あの私小説にも書かれていた。

二十歳の頃も二十五歳の頃も、彼は知らない女の子と会うたびに、もしかしたら鈴木和花かもしれないと思っていた。ずっと無意識に鈴木和花を探していたのだ。

山名晶と沙織も好きになったけど、彼が本当の意味で心から愛していたのは、ずっとそのままの鈴木和花だけだったのだ。

その真実を知った今、わたしはこの答えを出すしかなかった。

蜘蛛のオブジェ前で待っていた彼に、

「達也くん！」

と元気に声をかけた。

「答えは決まった？」

彼に優しく訊かれる。

「うん」

わたしは笑顔で答えたあと、言った。

「君とは——付き合えない」

彼は真剣な面持ちで、わたしを見つめている。

彼の思いの大きさを知った今、この選択をするしかなかった。

真実を告げたら、やっぱり彼は、立ち直れないほどのショックを受ける。

それなら、このまま別れたほうがいい。彼のために。

彼との約束は、『一年後にこの人だって思ったら付き合う。どちらか一方でも違うと思ったら付き合わない』ということだった。

わざわざ彼の答えを訊く必要もない。

わたしは彼に精一杯の笑みを向けた。

「それじゃ、行くね」

と——彼に手を摑まれた。

引き止めた？

どうして？

「……行かないでほしい」

「えっ？」

彼はわたしに一枚のディスクを差し出してきた。

「このCDを聞いたあと、また返事を聞かせてくれないか？」

「……どういうこと？」

「このまま、僕と会ってほしいんだ――文花ちゃん」

第三章　真実

達也くん、鈴木和花です。

このCDを見つけたんだね。

ということは、三年ぶりに君と会っている子が、わたしじゃないって気づいたんだ。

わたしと連絡をとりたかったから、あの公園に行ったんだもんね。

正解。さすがは君だね。

十五歳の頃、CDに曲を焼いて、君とプレイリストを交換したよね。

最初は手紙にしようと思ったんだけど、音声のほうがわたしからのメッセージだっていう証明にもなるし、気持ちも伝わりやすいと思ったの。

最初に謝らないといけないことがあります。

さっきも言ったけど、君と会っていたのは、わたしじゃない。

妹の文花なの。ごめんなさい。

わたしが文花に頼んで、わたしのふりをして君と会ってもらってた。

文花に「一年間会い続けて、君を振ってほしい」ってお願いしたの。「それがいちばん達也くんを傷つけずにすむから」って。

文花、身長も体型も雰囲気も、わたしとすごく似てたでしょ？

顔もわたしによく似てるらしいよ。

君は十歳の文花しか知らないだろうけど、中学生くらいからわたしに似はじめて、たまにファンの人も、わたしだと思って文花にサインを頼むこともあった。

特に声はわたしとそっくりで、電話だとお母さんも間違えるくらい。

あ、文花ね、大人になってからはわたしのマネージャーをしてくれてたのよ。

文花は、君と会うときは友達の安花里ちゃんにつけぼくろをつくってもらうって言ってた。安花里ちゃんは文花の小学生の頃からの親友で、今はメイクの仕事をしてるから。

けど、文花の声がどんなにわたしに似ていても、どんなに上手くわたしを演じても、額につけぼくろをつけていても、君はすぐに別人と気づくと思う。

わたしたちはさんざんすれ違ってきたから、君はもう、わたしを間違えないように注意深く見るはずだもん。

それに、会話にも微妙なすれ違いが起こると思う。文花はわたしのことをよく知ってるし、君が送ってくれたあの小説も読んでいるけど、わたしのすべては知らない。

たとえば、君と連絡がとれなくなったとき、あの公園の木の下に手紙を埋めることなんかも知らない。あれは、君とわたしだけの秘密だから。

わたし、どのタイミングで、君があの公園に行ったのかもわかるよ。

たぶん、会って一回目にわたしじゃないと気づいた。

この音声は、そうなったときのために残そうと思った。

ちなみに今は、君と最後に会ってから二年後なの。

君との再会の日まで、まだ一年ある。

ここからは……なにから話そうかな。

伝えたいことがありすぎて、どこから話したらいいのか……。

よし。

まずは、いちばん言いたいことを言うね。

わたし——君のことが好き。

大好き。

ガストで言ったつもりだったけど、君は勘違いしてたみたいだから、はっきり言いたかったんだ。

そういえば、君からも、一度もはっきり言ってもらったことがなかったな。
今、そこで言ってもらおうかな。
君は、わたしのことが好きだった？
…………
あー、照れて言わなかったでしょ？
もう一回。
君は、わたしのことが好きだった？
…………
うーん。ちょっと声が小さいけど、許してあげよう。

それから、小説家デビューおめでとう。
文花と一緒に本屋に行ったとき、偶然、君の小説を見つけたの。
感想を伝えはじめたら終わらなくなっちゃうから、ひと言だけ。
デビュー作、今まで読んできた小説の中で、いちばんおもしろかった。
本を読んで泣いたのははじめてだよ。文花も同じこと言ってた。
二作目も、同じくらいおもしろかったよ。
なんども読み返してる。これからもなんども読み返すと思う。

小説家になったのを知ったときは、そこまで驚かなかったよ。君は、自己表現をする人だと思ってたし、あの私小説もすごくおもしろかったから。

やりたいことが見つかって、よかったね。


さて。

これから君に大切なことを伝えます。

わたしは今、アメリカで暮らしてるの。

でもね、日本で報道されているみたいにロサンゼルスにはいない。

アラバマにいるの。

君にも話したことがあったよね、将来はアラバマで暮らしたいって。

どうしても、その夢を叶えたかったんだ。

一緒についてきた文花もすっかりこの土地を好きになってね、こっちに来てから英語も猛勉強して、今は現地コーディネーターの仕事をしてる。

文花、すごく積極的になったのよ。

できたら日本に帰ってからも、外国人観光客のために日本の現地コーディネーターをしたいって言ってるの。

わたしがなんでここで暮らしているかっていうとね――君がこの音声を聞いている頃、

わたしはもう、君と会えないから。

わたしね、あと半年で死んじゃうんだ。


信じられない？

だよね。

嘘みたいな話だもんね。

でも本当なんだ。

病気になっちゃったの。

だからもう、わたしは君と会えないの。

わたしの病気を知っているのは、文花と両親、それに安花里ちゃんだけ。文花には、安花里ちゃんにだけは話してもいいって伝えておいた。

文花には支えが必要だと思ったから。

この四人には、わたしの病気のことも、わたしが死んじゃったことも口外しないように頼んである。

わたしがこの世界にいないことを、君は今、はじめて知ったと思う。

わたしね、実は君と最後に会ったとき、自分の余命がわかってたんだ。

あの日の一週間前、お医者さんから「余命五年」って告げられてたの。

薬を飲みながら症状の進行を遅らせても、それくらいしか生きられないって。

わたしたちが六本木ヒルズで奇跡的に会えたとき、わたし、貧血で倒れそうになったでしょ？　あの頃から病気の兆候が出てたの。

だから、あのときに君と三年後に再会する約束をした。

最初の三年で女優としてあの賞を獲って、最後の二年は君と過ごすつもりだった。

けどね、思ったよりも薬が効かなくて、病気が早く進行しちゃったの。

それで今から半年前に、お医者さんから「余命一年」って言われた。

結果的に、わたしの余命は「五年」から「二年半」に短くなっちゃったんだ。

君と会いたくても、寿命が半年足りないの。


顔のわからない体質なのに、こんな病気にもなっちゃうなんて。

どれだけめずらしい人なのって話だよ。


でもね。

わたしは自分のことを、運が悪いなんて思ってないよ。

だって、君と会えたから。


——ということで。

まずは少しだけ、わたしがどれだけ幸運だったかを伝えるね。

湿っぽいのは嫌だから、このまま明るく話します。


君はわたしのことを強い子だと思ってたみたいだけど、そんなことないのよ。

少なくとも、君と出会った十五歳の頃はよく落ち込んでた。

わたしね、けっこう複雑な家庭で育ったんだ。

お父さんとお母さんの実家は、もともと大きな会社を経営していた。

大人になってお母さんから聞いたんだけど、二人はお互いの会社を大きくするためにお見合い結婚をしたんだって。

お父さんはわたしが物心ついた頃からあまり家にいなくて、たまに帰ってもお母さんと喧嘩ばかりしてた。

喧嘩の原因は、お父さんの浮気。

お母さんはいつも精神が不安定で、泣いてばかりいた。

だから、小さい頃から家事や文花の世話もわたしが一人でやってた。

そんな生活をしていた十三歳の頃、わたしは人の顔がわからなくなった。

君はジャングルジムから落ちたことが原因みたいだけど、わたしは違った。

頭に怪我もしていないのに、突然、そうなったの。

お医者さんには、「愛着障害」が原因じゃないかって言われた。

幼少期に親からの愛情が不十分だったり、家庭内の緊張が長く続くと、脳のホルモンが不足して、この体質になる可能性もあるんだって。

そう聞いたとき、妙に納得したことを今でも覚えてる。

両親が喧嘩をしているときは、いつも嵐《あらし》の中にいるみたいだったから。その嵐を見たくなくて、わたしは自分から目を塞《ふさ》ぐ道を選んだかもしれない。自分を守るために。

人の顔がわからなくなったわたしは、まず心理学の本を読みあさった。

文花が心配だったから、愛ってどんなものなのか知ろうと思った。

親から愛情をもらっていないことは文花も同じだから、わたしが両親の代わりに、精一杯の愛情を与えようと思った。

文花自身のことをちゃんと認めて、そのままの自分自身を愛せるようにしないとって。

そのあと、他人を見分ける方法を覚えはじめた。

君も同じだよね。

顔以外の特徴で覚えるの、苦労したよね。

人が怖くなったり、信じられなくなって、つらかったよね。

わたしも学校でからかわれた。

最初はこの体質を隠してたんだけど、結局ばれちゃって。

ほかのクラスの子まで、わたしを教室に見に来たりした。

君と同じで、わたしの両親も、この体質の話をまともに聞いてくれなかった。

ただ、「気にしなければいい」って言われた。体質の苦しみも。学校でからかわれることも。

わたしの苦しみをわかってくれようとしなかった。なにもしようとしなかった。

たぶん、自分たちのことで精一杯だったんだと思う。

わたしの苦しみを背負う余裕がなくて、目をそらしたんだと思う。

だから、自分一人でどうにかしようとした。

わたしはみんなを見返したくて勉強を頑張った。

いい成績をとり続けていたら、担任の先生から交換留学の話を勧められた。

すぐに行こうと決めた。

あの頃は、お母さんはいつも泣いていたし、たまにお父さんが帰ってきたら二人は喧嘩してたし、家事も大変だったし、とにかく現実から逃げたかったから。

文花を家に残すことだけが気がかりだったけど、一度でいいから自由になりたかった。

それで一年間、アラバマに行ったの。

本当に楽しかった。

人も、土地も、自然も、とにかくぜんぶが大きい。

生まれてはじめて、自由を感じたの。

そして不思議と、自分がちっぽけな存在に思えた。

すべてがたいしたことないと思えた。

今までわたし、なにやってたんだろうって思った。

いろんなことに縛られて我慢しながら生きるよりも、自分のしたいことをしなきゃダメだって強く思ったの。

一年後、日本に帰ってきたわたしは、夢を追うことに決めた。

一つ目の夢は、アラバマに住むこと。

二つ目の夢は、青山三枝さんの獲った賞をわたしも受賞すること。

小さい頃、家にいてつらかったとき、いつもドラマを観てたの。

ドラマを観ているときは物語の主人公になれた気がして、現実を忘れられたから。

やがて、青山三枝さんのファンになった。

役ごとにぜんぜん違う人物になりきる演技に魅了されて、彼女みたいな女優さんになりたいって思うようになった。

留学前は女優になれるわけないと思ってたけど、挑戦することにしたんだ。

けど、芸能事務所のオーディションにはずっと落ち続けてたのよ。

いざ演技審査を受けると、いつも頭にチラついちゃったから。

『人の顔のわからないわたしに女優なんてできるのか』って。

一度は挑戦するって決めたのに、本番になるといつも怖気《おじけ》づいて思い切り演技ができなかった。新しい世界に飛び込むことを自分から逃げてたの。

そんな頃、君と出会った。

文花を見つけてくれたとき、君は言ってくれたよね。

「言ったら、なにか変わるかもしれないよ」って。

あのときのわたしは、オーディションも上手くいかない上に、文花も登校拒否になっちゃって、本当にどうしていいかわからなくなってた。

藁《わら》にもすがる思いで君に話したら、本当に変わった。

文花はみるみる元気になっていった。

わたしはあの出来事で、はじめて人に頼ることを覚えたの。

だから、誰にも話してこなかったこの体質のことをオーディションで言ってみた。

「わたしは人の顔がわからない体質なんです。でも、やる気は誰にも負けません」って。

開き直って思い切り演技をしたら合格できた。

だからね、わたしが女優になれたのは、実は君のおかげなんだよ。

本当にありがとう。

君のことを好きだってはじめて気づいたのは、ガストに行った日。

文花とゆびきりしている君を見て、自分の気持ちに気づいた。

みんな同じ顔に見えるはずなのに、君の顔だけ急に格好よく見えたんだ。そんなこと、はじめてだった。

あの日は午前中に社長が東京から家に来て、今後のことをお母さんとわたしと相談してたから遅れたの。

お母さんは、わたしが家で演技の練習をしてたり、カラオケで歌の練習をしたり、オーディションを受けてきたことを見てきたからすごく喜んでくれた。お父さんと離婚して、文花も連れて一緒に東京に来るって言ってくれた。わたしの姿を見て、なにか感じてくれたようだった。

だからあの日に君と写真を撮ったんだ。もう東京に行くって決まってて、これからは簡単に会えないと思ったから。

あの写真、まだ持ってるよ。いつも持ち歩いてる。

あのあと、君がお金を借りにきたときは驚いたけど、なにか事情があると思った。君は絶対に、自分のために他人からお金を借りたりしないから。わたしが力になれるなら貸してあげたいと思ったの。

あの日、君を近所の散歩に誘ったのは、君とデートしたかったから。

今まではいつも文花がいて、二人きりになったことがなかったし。

わたしのことをもっと知ってほしかったから地元を案内したの。

君と二人で生まれてはじめてのデート。

本当に楽しかった。

今、思い出しても、にやけちゃうよ。

君とのファーストキスの思い出は、今までなんどもわたしを救ってくれたよ。

あの自撮り写真を見るたびに思い出すの。

つらいとき、あのことを思い出してきたから、今まで頑張ってこれた。

今も……もうすぐ死んじゃうってわかっている今も、わたしを救ってくれてる。

本当にありがとう。

二十歳のときのこともお礼を言わなきゃね。

あの頃は、女性バーテンダーの役作りをしてたって言ったよね。

あのときも、本当に困ってたんだよ。

実はね、女性バーテンダー役で出演する映画は、わたしが夢を追うきっかけになった青山三枝さんとの共演作だったの。

もちろんわたしは脇役《わきやく》だったんだけど、青山さんに絶対に迷惑をかけちゃいけないって思ってて。

でもバーテンダーの仕事をよく知らないし、上手く演じられる自信がなかった。

プレッシャーでどうにかなっちゃいそうだったから、監督に役作りの相談をしたら、

「その役名を名乗って役柄を演じながら仕事をするといい」

って言われたの。

その監督、アメリカで映画を勉強したらしいんだけど、ハリウッドにはそれだけ型破りな役作りをする俳優もけっこういるんだって。ロバート・デ・ニーロの話もその監督から聞いたの。

そんな役作りをしたからって上手く演じられるかはわからないけど、それだけ努力すれば少しは自信になるだろうからって。

それで監督に知り合いのマスターを紹介してもらって、あの店で働くことになった。

そして君はまた、わたしを助けてくれた。

そうそう、覚えてる？　あの頃、わたしが君に、

「ためしに言ってみろよ。楽になることもあるぞ？」

って言ったこと。

あれ、君に教えてもらったんだよ。十五歳の頃、君に似たようなことを言ってもらって人に頼ることを覚えたから、そのまま君にも言ったの。

あの頃は、まさか君が玲央くんとは思ってなかったけどね。

今振り返ると、二十歳の君は十五歳の頃とぜんぜん変わってなかったよね。

いつも、わたしや妹さんのことばかり考えて、自分のことは後回しで。

わたしはそんな君に、人生で二度目の恋をした。

びっくりしたよ。

君は自分の良さをぜんぜんわかってないんだもん。

けど、自分のことをわからないのもしょうがなかったよね。

君は、生きるために誰かを演じるしかなかったんだから。


初詣に行ったとき、わたしが「二つ願った」って言ったの、覚えてる?

一つ目は、「バーテンダー役の演技が上手くできますように」。

二つ目は、「このまま丈二くんと一緒にいられますように」って願ったの。

あれからすぐに別れちゃったから、二つ目の願いは叶わなかったね。

ごめんんね。

二十歳のときに君だと気づけなくて。

代々木公園で、すぐに君じゃないってわからなくて。

君が消えたあと、君を見つけられなくて。

あのすぐあとに撮影に入ったんだけど、自分でも驚くくらい上手く演じられた。

青山さんからも演技を褒められたんだよ。

そのときに、「わたしの夢は、青山さんの受賞した賞を獲ることです」って打ち明けたら、「あなたには才能があるからきっと叶う」って言ってもらえた。

わたしはますます夢を叶えたいと思った。生きる希望が湧いた。

ぜんぶ、君のおかげだよ。

本当にありがとう。

二十五歳のときは……

今思うと、最初にお店で出会ったときから好きだったかも。

一つは、君がとっても頑張り屋で、自分のことより他人のことばかり考えてる人だったから、母性本能をくすぐられたんだ。

もちろん、あやみちゃんを助けてくれたお礼もしたかったけど、それよりも、君が今まで必死で生きてきて、自分のことをおざなりにしてきた人だって思ったから、とにかく手助けをしたくなった。

もう一つの理由は、笑顔。

君の笑った顔ってかなり特徴的なのよ。

ニカッて歯を見せてとっても大げさに笑うの。

十五歳の頃もあの公園で言ったのに、まだ自分でわかってないでしょ?

クラブで会ったときは君の正体には気づかなかったけど、たぶん玲央くんと丈二くんの笑顔に似てたから、好きになったと思う。

だからね、君への態度や言葉は、誰にでもってわけじゃなかったのよ。

もう君を好きになってたから。

ちゃんとしたデートをしたのは、わたしもあのときがはじめてだった。

君とのデート、すっごく楽しかった。

本当にありがとう。


君と三度も会えたことは、わたしにとって本当に幸運な出来事だった。

生涯でたった三回の恋だったけど、君と過ごしたときの幸せ度数は、世界中《せかいじゅう》の誰にも負けない自信があるから。

こんな経験ができたわたしは、本当に幸運だと思う。

本当にありがとう。

……ということで、ここまでは、君へのお礼でした。


そしてここからは、わたしからのお願いです。

ぜんぶで三つあるの。


一つ目は、できたらこのまま、なにも知らないふりをして文花と会ってみてほしい。

その理由を、今から話すね。

余命一年の宣告をされたあと、いつ君に病気のことを話そうかずっと考えてた。早く言わなきゃって思ってたけど、なかなか勇気が出なかったから、まずはアラバマに移住することにしたの。

余命五年を告げられたときから、最初の三年のどこかでアラバマには行く予定だったから、当初の予定通り、とりあえず三ヵ月だけ向こうで過ごすことにした。大好きな土地で暮らせば、自然と君に話す勇気も出るかもと思ったから。

お母さんと文花も一緒についてくることになったから、三人で荷造りをしていた。

そのとき、偶然あるものを見つけた。

君のミサンガ。

覚えてる？

わたしたちがはじめて会った日、君が文花にあげたもの。

文花はあのミサンガをどこかにしまったまま忘れていたわけじゃなかった。

わたしが誕生日にあげたオルゴールの中にしまっていたの。文花はいつもそのオルゴールを自分の部屋に置いていた。

つまり、あのミサンガをずっと大切にし続けて、いつも見てたってこと。

文花は十歳の頃、君と会っていた期間は本当に楽しそうだった。

そして君のおかげで他人を怖がることもなくなって、学校にも行けるようになった。

あのあとも、文花はよく言ってた。

「わたしの人生は玲央くんと会って変わった」って。

文花は一度も恋人をつくったことがなかった。

あの子とは小さい頃からなんでも話してきたけど、好きな人ができたっていう話すら一度も聞いたことがなかったの。

もしかしてって思ったの。

文花は子供の頃から、ずっと君を好きだったかもって。

わたしは文花に確かめてみた。

「達也くんのこと、ずっと好きだったの？」って。

文花は、「隠しててごめんなさい」って謝ってきた。

わたしが君を好きだったことは文花も知っていた。

十五歳の頃も二十歳の頃も二十五歳の頃も、わたしはいつも君のことを楽しそうに文花に話していたし、十五歳と二十歳の失恋後も、わたしはひどく落ち込んでいたから。

だから二十五歳のときに真相がわかったあと、わたしたちのことを文花に話したらすごく喜んでくれた。

けど、あのとき文花はわたしに遠慮してたのよ。

本当は複雑な気持ちだったたと思う。

君のことをずっと想っていたんだから。子供の頃から、君だけをずっと。

それがわかったとき――わたしはあることを思い出した。

わたしね、十五歳の頃に君と出会った日、文花と一緒にあのカラオケ店に向かって歩いているときに、占い師に声をかけられたんだ。

全身黒ずくめの男の人だった。

「君！」って呼ばれたから、わたしが「なんですか？」って答えたら、「君じゃない」って言うの。彼は、文花に向かっておかしなことを言った。

「君は運命の男性と出会う」って。

けどね、そのあと、「でも、おかしいな」って言ったの。

「一回じゃなくて……四回だ。君はそのうちの一人と結ばれる。君は彼に救われ、彼も君に救われる」って。

わたしが「運命の出会いって普通は一回ですよね？」って訊いたら、その占い師、

「そこが変なんだよ。こんなことはじめてで……」

って言ったあと、急に立ち上がって、

「そういうことか！」

って、びっくりするくらいの大声で言ったの。

その人があまりに興奮してて怖くなったから、そのときは「用がある」って言って急いで逃げたんだけど、その出来事を思い出したときに気づいたの。

君は、文花の運命の相手かもしれないって。

なぜなら、これまで君は、わたしだけじゃなく、文花とも三回会ってたから。

一回目は、十五歳のとき。

これは、君も知ってるよね。君は迷子になった文花を助けてくれた。

でもこの先は、君は気づいていなかったと思う。

二回目は、二十歳のとき。

君がはじめてあのバーに来たとき、カウンターでわたしと話してた女性客がいたでしょ？

君はわたしの友達だと思ってたみたいだけど、あの子は文花だったのよ。

あの日は雪が降ったから、文花が店まで傘を持ってきてくれたの。

わたしに付きまとってた長髪の人は、わたしと間違えて文花を連れて行こうとした。

それを君が助けてくれた。

三回目は、二十五歳のとき。

君が助けてくれた「あやみちゃん」は、文花だったのよ。

あの頃はもう文花はわたしのマネージャーをしてて、顔がわからないわたしを助けてくれてた。

芸能界のパーティーでも、いつも隣にいて人の名前を教えてくれたし、あのクラブでも、わたしがお客さんを間違えないように一緒に働いてくれてた。

二回目と三回目は、文花も君に気づかなかった。

二回目は暗闇バーだったし、三回目は君がマスクをしていたから、文花も君の顔がわからなかったの。


わたしは考えた。

あの占い師の人の言っていたことが本当だとしたら？

君はこれまで三回、文花と会っている。

そしてもしも君が、あの三回の出会いでわたしに助けられたと思っているのなら、そのきっかけをつくったのは、ぜんぶ文花だった。

だって、一回目も二回目も三回目も、君が文花を助けてくれなかったら、わたしは君を警戒して仲良くならなかったかもしれないから。

わたしも君と一緒で、この体質になってから他人をなかなか信じられなかったけれど、文花を助けてくれたことで、最初から君を信用できたの。

君は文花を救ってきたし、君も文花に救われてきた。

そして一年後、わたしはもう君とは会えない。

けれど、もしも君と文花が会ったら――二人は四回目の出会いを果たす。

占い師の言っていたことがぴったりと当てはまる。


わたしはこの世界から旅立たないといけない。

だったら、二人が結ばれたらいちばん嬉しい。

二人とも、わたしにとって世界でいちばん大切な人たちだから、運命に委ねようと思った。

二人に会ってもらおうと思ったの。

だけど、普通に会わせたら、きっと結ばれない。

君がわたしと最後まで一緒に過ごしたり、わたしの死を知ったら、二人が結ばれる可能性は、ほぼなくなってしまう。

二人とも、わたしに気をつかってお互いを異性として見ようとはしないだろうから。


でもそんなのって、おかしいでしょ?

運命の相手かもしれないのに、わたしに気をつかって会わないなんて。

わたしのせいで、二人の幸せが閉ざされてしまうことは嫌だった。

この世界は、生きている人のためにあるんだから。

それなら、もしも君たちに、「二人で会い続けないといけない理由」をつくったら？

なにかが生まれる可能性もあるから、その理由をつくったの。


ただ、この先、どうするかは君の自由だよ。

文花と会いたかったら会って、そうじゃなかったら会わないでほしい。

付き合いたかったら付き合って、そうじゃなかったら付き合わないでほしい。

わたしは君をコントロールしたくないし、人を好きになる気持ちって誰かに強要されて生まれるものでもないから。

君も文花も子供の頃しか一緒に時間を過ごしてないし、二人とも大人になっているから気が合うかどうかもわからない。

それに、わたしの願いを叶えるために文花と付き合うなんて、それこそあの子がかわいそうだから。

あとは、君たち次第。

わたしは、運命に丸投げします！


次は、二つ目のお願い。

わたしに送ってくれた小説、わたしが旅立っても完成させてほしいの。

できたら出版してほしい。

なるべくそのまま、君とわたしのことを書いてほしい。

できるだけ、忠実に。

わたしたちの二人だけの秘密、「またすれ違ったときのための連絡方法」も、この音声も書いていいから。

あの小説が出版されることを想像すると、なんだか死ぬのが怖くなくなるんだ。

わたしがあの小説の中で、ずっと生き続けられる気がするから。

わたしがこの世界に残るみたいで、想像するだけで安心するの。

君とわたしが想い合っていた証もこの世界に残せる。

わたしの出演したドラマや映画も長く残るかもしれないけど、小説のほうがずっと長く残りそうな気がする。

ほら、ＳＦ映画とかでも、よくあるでしょ？

未来に戦争が起きて、文明が消えちゃう話。

あの手の映画って、たいてい世界に電気もなくなって映像も観られなくなってるけど、書物は残っている。

そう考えると、小説ってすごいよね。

とってもアナログだけど、ずっと残るんだから。

源氏物語は千年以上も前につくられたんだよ。何年もずっと残るんだよ。

だから、小説に残してもらったら安心するんだ。

ちなみにわたし、タイトルも思いついたの。

『顔の見えない僕と嘘つきな君の恋』ってどう？

君にとっての「運命の相手」が誰なのかを当てる、ミステリー仕立ての小説にしたらおもしろいかも。

あくまで提案だよ。

わたしは第三話までしか読んでないし、君が文花とどうなるかわからないし。

どんな小説にするかは、ちゃんと考えて決めてね。


そして三つ目だけど…………

なんだか君は今、こう思っていそうだね。

なんでこんなことを、そんなに明るい声で話してるんだって。

僕のことを、好きじゃないのかって。

……好きに決まってるじゃない。

君と別れたくないに決まってるじゃない。

…………。

やだ、もう泣いちゃった。

でも、このまま続けるね。頑張って続ける。


三つ目のお願いの前に、ちょっとだけ本音を話すね。

わたしね、死ぬのは怖くないと思ってたの。

十五歳の頃に、「死んでもいい」って覚悟して上京したから。

顔のわからないわたしにとって、本気で女優を目指すことは、それくらい覚悟がいることだった。

それからずっと、命を削るつもりで仕事をしてきた。

だから、この最期にも後悔はしていないんだ。

けどね……けど、今は怖い。

君と会えなくなると思うと、すごく怖いの。

最近、夜中に突然、眼《め》が覚めることがあるんだ。

急に目覚めて、「わたしはもう死んじゃうんだ」って思って、どうしようって取り乱しちゃうの。

怖くなって泣き出しちゃって、文花に抱きしめてもらうのよ。

赤ちゃんみたいだよね。


この二年で、わたしの夢は変わったのよ。

わたしはやっぱり君と一緒にいることがいちばん幸せだって気づいた。

君と離れたら、本当の気持ちにやっと気づいたの。

でも、君との約束もちゃんと果たしたかったから頑張ろうって決めて……ずっと君と会えなくてつらかったけど、あと少し経ったら今まで我慢してたことを君とぜんぶしようって思ってたの。

手を繋いだり、腕を組みながら歩いたり、
流行《はや》りのデートスポットに行ってみたり、
家で一緒にご飯をつくって食べたり、
テレビを一緒に観て、「ストーリーわからないね」って一緒に言ったり……。

ああ、もう。

また泣いてる、こんなこと言うつもりなかったのに……。

きっと君は、強いわたしが好きだったから幻滅されちゃったかも。

でも、ちょっとすっきりした。
さあ、もう少しだけ。
頑張って元気に明るく伝えないと。

ここからは、三つ目のお願い。
わたしは君に――幸せになってほしい。
わたしがいなくなったことを知った君は、きっと今、つらいと思う。
もしかしたら、もう生きたくないかも。きっとわたしなら、そう思うだろうから。
でも、どうか生きてほしい。人生を諦めないでほしい。

君はあの小説に、何回か書いていたよね。
「どう生きていけばいいのだろう」って。
君は、ひとりでその答えを見つけようとしていたけど、そうじゃないと思う。
誰かを愛して、その人に愛されたらいいの。
そうすれば幸せになれるの。
だから、自分自身は無理に変わらなくていいんだよ。
そのままの自分が愛して、そのままの自分が愛されないと意味がないんだから。

わたしは君と過ごしたあの三度の時間が、本当に幸せだった。
君と会うたびに、生まれてきてよかったって心から思えた。
わたしはもう、あんな時間を過ごせないけど、君は違う。
わたし以外の誰かと、あんな時間を過ごせるかもしれないの。

わたしたちは同じ体質だったから、たしかに通じ合ったところもあったかも。
でもね、他人となかなか分かり合えなくても、諦めないでほしいの。
だって、もったいないでしょ。
その先があるかもしれないんだから。
そこから歩み寄ればなにかが生まれるかもしれないんだよ。
死んじゃったらなんにもできなくなるんだよ。
幸せになれる可能性にかけないことは、もったいないよ。
一人で生きようとするなんて、あまりにもったいないよ。

わたしは、十五歳の頃に君と出会ってから、二十歳の頃も、二十五歳の頃も、心のどこかで全員、君かもしれないって思ってたんだ。
だって、好きになる部分がいつも一緒だったから。

わたしは君の優しいところが好きだった。
けど、わたしは君のそんな優しさがちょっと心配なの。

君はいつも、自分のことより他人のことを考えてきた。
そしてこれからも、そんな状況になることがたくさんあると思う。
君をコントロールしようとしてくる人もいると思う。
そしてなにより、死んじゃったわたしの存在が、きっと君の足を引っ張る。
君は、わたしに遠慮してずっと恋人をつくろうとしないかもしれない。

でもね、周りがどうとか、わたしがどうとか、そんなことは考えなくていいの。
わたしにどう思われてもいいの。周りにどう思われてもいいの。
君は、もっとわがままに生きていいの。
他人のためじゃなくて、自分のために生きてほしいの。

今はまだ、いくらわたしにこんなことを言われても、上手くそんな生きかたができないかもしれない。
だから、今じゃなくてもいい。

時間が経って、わたしから解放されたときでもいい。

ほかの誰かを好きになってもいいと、自分を許せるようになってからでもいい。

そのときは、どうか一歩、踏み出してほしい。


君はいつもその一歩を踏み出してきた。

いちばんすごかったのは、十五歳の頃に東京に飛び出したこと。

あんなにつらい状況だったのに、あんなにすごいジャンプができたの。

君には、誰にも負けない勇気がある。

自分が思っているよりずっと強いの。君の人生は確実に前に進んでいるの。

どうか、これからも進んでほしい。

君はどこにでも行ける。幸せになれる。

今は苦しいかもしれないけど、いつか安心できる日が来るから、どんなにつらくても進んでほしい。

絶対にいいことがある。いつか、良くなるときがくる。

わたしが保証する。どんなに苦しくても、絶対にどこかで好転するよ。


達也くん、誰にも縛られないで。

ほかの誰にも、わたしにも、そして自分にも。

自由に生きられるようになってほしい。

そして幸せになってほしい。


それじゃ——これで最後だよ。

最後は、わたしの笑顔を想像してね。

わたしは、君と会えて本当に楽しかった。

ありがとう。

バイバイ！


この音声を聞いて、お姉ちゃんの隠された『愛』を知ったわたしは、泣いた。

泣いて、泣いて、泣いて、一生分の涙を流したと思うくらいに泣いた。

お姉ちゃんは、達也くんを傷つけないためではなく、わたしたちを結ばせるために会わせようとしたんだ。

彼と一緒に最期の時間を過ごしたかったはずなのに、そうしなかった。未来だけを見ていた。
それは、達也くんを愛していたから。わたしを愛していたから。
生きている人たちの幸せを願って、最後に嘘をついたんだ。世界でいちばん優しい嘘を
――。

そして、達也くんもすべてを知っていた。

お姉ちゃんが死んでしまったことも。わたしが鈴木和花を演じていたことも。


わたしと再会した直後に彼と連絡がとれなくなったのは、再会した日のうちにわたしがお姉ちゃんじゃないとわかったからだ。

そのあと、彼が数日間、姿を消していたのは、浜松の公園に行ってこのCDを見つけ、お姉ちゃんの音声を聞いたから。マンションの前で彼から別れを切り出したのは、あの時点でわたしの正体を知ったからだ。

病院でわたしが「わたしは君を信じた。でも君は、わたしを信じないの?」と言ったあとに彼が泣き崩れたのは、お姉ちゃんの幻影を見たからだろう。

数ヵ月間ずっと彼に元気がなかったのは、お姉ちゃんの死を知っていたからだった。

授賞式の日、わたしが言った「『その先』がある」という言葉にひどく驚いていたの

は、お姉ちゃんにも音声で同じことを言われていたからだ。

葉子さんが『あの秘密』――『鈴木和花の死』を彼にばらそうとしたとき、「聞きたくない！」と止めてくれた。あのときは、迷いながらもわたしと会い続けようとしてくれていたのだ。

彼は、体質のことを担当編集さんや先輩たちにカミングアウトしたあとも、そのあとに葉子さんと口論したときも言っていた。

「隠しごとをしていたら、自分も他人も幸せになれない」と。

あの頃から迷っていたのかもしれない。

すべて知っていることを、わたしに伝えるべきじゃないかと。

真実を知らないふりをするのを、もう止めようと――。

お姉ちゃんは旅立つ前、わたしになんども言っていた。

「もしも、たまたま達也くんと文花が付き合うことになったら、お姉ちゃんは嬉しい」

と。

その頃は、そんなこと絶対に許されないと思っていた。

お姉ちゃんから彼を奪おうとするなんて、いけないことだと思っていたのだ。

それなのに、この音声を聞いたあとは、気持ちが変わった。

お姉ちゃんの言葉を素直に受け入れられた。

それどころか、この先なにがあっても、お姉ちゃんはわたしを応援してくれるのだと信じられた。

なんでだろうと思った。お姉ちゃんの思っていたことがぜんぶわかったこともあるけど、それだけじゃない気がした。

音声を聞いたあと安花里に連絡すると、すぐに家に来てくれた。

一週間ぶりに会った安花里はわたしを見るなり言った。

「また痩せたんじゃない？」

この一年で、わたしの体重は七キロも落ちた。

秘密を抱えながら過ごすことは、わたしにとってそれだけつらいことだった。

特に九月から十二月の三ヵ月間は激減した。

彼に本当のことを言おうかどうか、ずっと迷っていた時期だった。

自分の気持ちを整理しながら安花里に経緯を話したら、さらっと言われた。

「時間が必要だったのよ。あんたにも達也さんにも」

たしかに、わたしには自分を許す時間が必要だったのかもしれない。

達也くんも、『この先、鈴木和花以外の女性と一緒に時間を過ごす』ということが、ずっと許せなかったのだろう。

そのことに気づかせてくれた安花里に感謝したわたしは、

「どうしていつも、そんなにわたしを助けてくれるの?」

と訊いた。安花里は言った。

「子供の頃、わたしをかばっていじめられたあんたが学校に来たとき言ったでしょ。『これからは、困ったときには絶対に助ける』って」

安花里と友達で、本当によかった。


占い師と会ったことは今でも覚えている。

お姉ちゃんとわたしは、あのとき怖くなって途中で逃げてしまったけど、占い師はわたしにもこの言葉を言うつもりだったはずだ。

『「隠された真実」に気づかないと、結ばれない』


達也くんとわたしにとっての「隠された真実」とは、「お互いを運命の相手だと気づくこと」だった。

そして今回の出会いでは、「お互いの抱えている秘密」にも気づかないといけなかった。

達也くんとわたしは、その二つの真実に気づけた。

とはいえ、この先、わたしたちはどうなるかわからない。

運命は存在するかもしれない。けれど、それはすべてが決まっているわけではなくて、人生を決めるのはあくまで自分自身だということを、彼もわたしもよくわかっている。

達也くんは、今でもお姉ちゃんを愛してる。

彼のわたしへの想いは、お姉ちゃんへの想いと比べたらはるかに小さいものだ。

わたしへの感情は、愛とは呼べない。恋とすら、呼べないかもしれない。

それでもいい。

彼は、このままわたしと会うことを選んでくれたのだから。

お姉ちゃんを演じるわたしではなく、わたし自身と正面から向き合うことを選んでくれた。

この一年間で、ほんの少しかもしれないけど、わたしは彼の力になれた。

少なくとも彼は、自分を許すことができたのだ。

お姉ちゃん以外の人と歩んでいけるかもしれないと思ってくれた。

彼は、また一歩、前進したのだ。

新たな目標ができた。

それは、達也くんの恋人になること。

お姉ちゃんは、よく言っていた。

「やってみないとわからないから。最初から逃げるのは嫌なの」と。

今のわたしも同じ気持ちだ。

このまま二人で会い続けていれば、もっと前進できる。

彼も、わたしも。


彼に返事をする約束の日、わたしは待ち合わせ場所に向かった。

六本木ヒルズの蜘蛛のオブジェ前に着くと、すぐに達也くんを見つけた。

い、い、い、い、
顔の見えるわたしは、いつものように元気よく彼に声をかけた。

「達也くん！」

※主要参考文献

『心の視力　脳神経科医と失われた知覚の世界』オリヴァー・サックス
『妻を帽子とまちがえた男』オリヴァー・サックス
『天才と発達障害　映像思考のガウディと相貌失認のルイス・キャロル』岡南
『スルーできない脳――自閉は情報の便秘です』ニキリンコ
『天才が語る　サヴァン、アスペルガー、共感覚の世界』ダニエル・タメット
『愛着崩壊　子どもを愛せない大人たち』岡田尊司
『新版　いやされない傷　児童虐待と傷ついていく脳』友田明美
『脳はこんなに悩ましい』池谷裕二　中村うさぎ
『毒になる親　一生苦しむ子供』スーザン・フォワード
『不幸にする親　人生を奪われる子供』ダン・ニューハース
「科学」二〇〇九年五月号「脳損傷による知性と感性の乖離」河内十郎
「日経サイエンス」二〇〇八年一月号臨時増刊「こころのサイエンス」03号
「顔が覚えられない『相貌失認』という障害」T・グリューター
「ターザン」一九九二年十二月十日号「南伸坊　新ココロの旅」

本書は書き下ろしです。

〈著者紹介〉

望月拓海（もちづき・たくみ）

神奈川県横浜市生まれ。日本脚本家連盟会員。静岡県浜松市と磐田市で育つ。上京後、放送作家として音楽番組を中心に携わった後、2017年『毎年、記憶を失う彼女の救いかた』で第54回メフィスト賞を受賞しデビュー。

顔《かお》の見《み》えない僕《ぼく》と嘘《うそ》つきな君《きみ》の恋《こい》

2018年8月20日　第1刷発行　　定価はカバーに表示してあります

著者……………………………望月拓海《もちづきたくみ》

発行者…………………………渡瀬昌彦

発行所…………………………株式会社 講談社

〒112-8001 東京都文京区音羽2-12-21

編集03-5395-3506

販売03-5395-5817

業務03-5395-3615

本文データ制作……………講談社デジタル製作

印刷……………………………豊国印刷株式会社

製本……………………………株式会社国宝社

カバー印刷…………………慶昌堂印刷株式会社

装丁フォーマット…………ムシカゴグラフィクス

本文フォーマット…………next door design

ISBN978-4-06-512650-9　N.D.C.913　332p　15cm

ここがエンタメ最前線。 メフィスト賞、続々刊行中！

〈本格ミステリ界、大激震！〉

「絶賛」か「激怒」しかいらない。

すべてのミステリ読みへの挑戦状！

第53回『NO推理、NO探偵？』

柾《まさ》木《き》政《まさ》宗《むね》（講談社ノベルス）

〈大重版御礼！ 第二作刊行中！〉
すべての伏線が愛――。この恋の秘密に
必ず涙する、感動の恋愛ミステリ。
第54回『毎年、記憶を失う彼女の救いかた』
望《もち》月《づき》拓《たく》海《み》（講談社タイガ）

〈大人気！ シリーズ続々刊行！〉

「犯人がわからない？ あなたは地獄行きね」

死者復活を賭けた推理ゲーム！

第55回『閻魔堂沙羅の推理奇譚』

木《き》元《もと》哉《かな》多《た》（講談社タイガ）

〈事件は常にコンビニで起きている！〉
コンビニを愛しすぎた著者が描く、
謎解き鮮やか、仕掛け重厚〝青春ミステリー〟
第56回『コンビニなしでは生きられない』
秋《あき》保《う》水《すい》菓《か》（講談社ノベルス）

〈大反響、緊急重版！〉
ある日、息子が虫になった。
そのとき、あなたはどうしますか――？
第57回『人間に向いてない』
黒《くろ》澤《さわ》いづみ（単行本）

〈東浩紀、感嘆。大森望、驚嘆〉
作者《おれ》が、きみもセカイも救ってみせる。
これが新時代のセカイ系！
第58回『異セカイ系』
名《な》倉《ぐら》編《あむ》（講談社タイガ）